Harriet Beecher-Stowe

Onkel Toms Hütte

Mit Bildern
von Hans G. Schellenberger

Arena

In neuer Rechtschreibung

Sonderausgabe 2005
© by Arena Verlag GmbH, Würzburg
Alle Rechte vorbehalten
Die amerikanische Originalausgabe erschien 1851/52 als Zeitschriftenserie
in National Era. Die Buchausgabe wurde erstmals 1852 unter dem Titel
Uncle Tom's Cabin, or, Life Among the Lowly bei Riverside Editions,
Boston, veröffentlicht.
Neu bearbeitet und mit einem Nachwort versehen von
Dr. Freya Stephan-Kühn
Einbandillustration: Bernhard Oberdieck
Innenillustrationen: Hans G. Schellenberger
Gesamtherstellung: Westermann Druck Zwickau GmbH
ISBN 3-401-05832-0

www.arena-verlag.de

Inhalt

Ein »humaner« Mann	7
Die Eltern	16
Ein Abend in Onkel Toms Hütte	26
Verkauft	36
Die Entdeckung	46
Elizas Flucht	56
Auch ein Senator ist nur ein Mensch	71
Onkel Toms Abschied	84
In einem Gasthof in Kentucky	94
Bei den Quäkern	106
Evangeline	113
Toms neue Herrschaft	122
Freie Männer verteidigen sich	138
Neues aus Kentucky	154
Am Pontchartrain-See	160
Wieder vereint	174
Die Freiheit	185

Auf der Baumwollpflanzung am Red River	*193*
Der Befreier	*211*
Nachwort	*220*

Ein »humaner« Mann

An einem ungemütlich kalten Februartage saßen in einer Stadt in Kentucky zwei Herren in einem gut möblierten Speisezimmer beim Wein. Sie hatten ihre Stühle aneinander gerückt und schienen sich mit großem Ernst über etwas zu unterhalten.

Wenn wir von Herren gesprochen haben, so gilt das für den einen nur mit Einschränkungen. Er war ein kleiner, untersetzter Mann mit groben Gesichtszügen und mit seiner bunten Weste und seinem blauen Halstuch mit gelben Punkten war er viel zu auffallend gekleidet. An den großen Händen trug er zahlreiche protzige Ringe. Wenn er sprach, kümmerte er sich nicht im Geringsten um die Regeln der Grammatik und manche seiner Ausdrücke waren alles andere als druckreif.

Sein Gegenüber, Mr Shelby, besaß dagegen das Äußere eines echten Gentlemans und die Einrichtung seines Hauses verriet Wohlhabenheit. »So wünsche ich die Sache in Ordnung zu bringen«, sagte er.

»Aber so kann ich kein Geschäft machen, Mr Shelby«, erwiderte der andere.

»Aber, Mr Haley, mein Tom ist wirklich ein ungewöhnlicher Bursche und die Summe sicherlich wert; er ist ruhig, ehrlich und gescheit und hält meine ganze Farm zuverlässig wie ein Uhrwerk im Gange.«

»Sie meinen, so ehrlich wie Neger eben sind«, sagte Haley, indem er sich ein Glas Brandy einschenkte.

»Nein, ich meine es in vollem Ernst. Tom ist ein guter, arbeitsamer, vernünftiger und frommer Bursche. Ich habe ihm alles, was ich besitze – Geld, Haus, Pferde –, anvertraut und er hat sich immer als treu und rechtschaffen erwiesen. Noch vergangenen Herbst habe ich ihn allein nach Cincinnati geschickt, um Geschäfte für mich zu erledigen und fünfhundert Dollar mitzubringen. ›Tom‹, sagte ich zu ihm, ›ich vertraue dir, weil ich glaube, dass du ein Christ bist. Ich weiß, du würdest mich nicht betrügen.‹ Und so war es auch. Später erfuhr ich, dass man ihn unterwegs gefragt hatte: ›Tom, warum fliehst du nicht in die Freiheit nach Kanada?‹ Und was meinen Sie, was er antwortete: ›Oh, der Herr vertraut mir; das kann ich nicht!‹ Ich trenne mich wirklich nicht gern von Tom. Wenn Sie ein Gewissen hätten, würden Sie ihn für die ganze Summe in Zahlung nehmen, die ich Ihnen schulde, und nichts weiter verlangen.«

»Nun«, entgegnete der Händler, »ich tue ja alles, was man als vernünftiger Mensch gerade noch tun kann, um Freunden gefällig zu sein; aber das wäre doch ein wenig zu stark. Haben Sie denn keinen Jungen oder kein Mädchen, das Sie mir zusätzlich zu Tom verkaufen könnten?«

»Hm! Ich habe kein Kind, das ich weggeben möchte. Um die Wahrheit zu sagen, nur meine bittere Notlage bringt mich überhaupt dazu, zu verkaufen. An und für sich möchte ich mich von niemandem meiner Leute trennen.« Jetzt öffnete sich die Tür und ein kleiner Knabe, er mochte vier oder fünf Jahre alt sein, trat ins Zimmer. Er war auffallend schön; sein schwarzes, seidiges Haar hing in schimmernden Locken um seine Wangen, während ein paar große, dunkle Augen voll Feuer und zugleich Sanftheit unter langen Wimpern hervorschauten, als er neugierig in das Zimmer blickte. Sein sorgfältig genähtes Kleidchen aus rot und gelb gewürfeltem Stoff betonte seine dunkle Schönheit. Sein Verhalten, schüchtern und doch zugleich vertraulich, bewies, dass er gewohnt war von seinem Master gehätschelt zu werden.

»Hallo, Jim Crow«, rief Mr Shelby, denn so pflegte man zu dieser Zeit alle Neger anzureden. »Komm her und zeige diesem Herrn, wie du tanzen und singen kannst!« Der Junge begann mit voller, heller Stimme eines jener wilden Lieder zu singen, wie sie unter Negern üblich sind, und begleitete sich dazu mit komischen Bewegungen der Hände, Füße und des ganzen Körpers.

»Und jetzt geh wie Onkel Cudjo, wenn er Rheumatismus hat!«, rief sein Master.

Der Junge krümmte den Rücken und humpelte, den Stock seines Masters in der Hand, mit kläglich verzogenem Gesicht im Zimmer umher. Beide Männer lachten schallend.

»Bravo!«, rief Mr Haley, indem er ihm ein Stück Orange zuwarf. »Bravo! Was für ein Prachtkerl!« – »Ich will Ihnen etwas sagen«, fügte er plötzlich hinzu, indem er Mr Shelby auf die Schulter klopfte, »geben Sie mir den Burschen mit dazu und das Geschäft ist abgemacht.«

In diesem Augenblick wurde die Tür leise geöffnet und eine junge Sklavin von etwa fünfundzwanzig Jahren trat in das Zimmer. Es bedurfte nur eines Blickes, um in ihr die Mutter des Knaben zu erkennen. Sie besaß dieselben glänzenden, vollen, dunklen Augen mit langen Wimpern, dasselbe seidige, schwarze Haar. Ihre hellbraunen Wangen überzogen sich mit einer deutlich sichtbaren Röte, die sich verstärkte, als sie den bewundernden Blick des fremden Mannes auf sich gerichtet sah.

»Nun, Eliza?«, fragte ihr Master, als sie unschlüssig stehen blieb.

»Verzeihen Sie, Master; ich wollte Harry holen«, und der Knabe sprang auf sie zu.

»Nun, so nimm ihn mit fort«, sagte Mr Shelby und sie entfernte sich hastig mit dem Kinde.

»Beim Jupiter!«, rief der Händler aus. »Das wäre ein Geschäft! Mit dem Mädchen könnten Sie in New Orleans Ihr Glück machen. Ich habe schon gesehen, wie man mehr als tausend Dollars für Mädchen bezahlt hat, die um keinen Deut hübscher waren.«

»Ich habe nicht die Absicht durch sie reich zu werden«, erwiderte Mr Shelby trocken.

»Kommen Sie, was soll ich für sie bieten?«

»Mr Haley, ich verkaufe sie nicht«, sagte Shelby, »meine Frau würde sie nicht hergeben, und wenn man sie in Gold aufwöge.«

»Jaja, die Frauen sagen so etwas, weil sie nicht rechnen können. Zeigen Sie ihr nur, wie viele Uhren und Schmuck man mit so viel Gold kaufen kann, so wird sie ihre Meinung ändern.«

»Ich sage Nein, Haley, und ich meine Nein und dabei bleibt es«, erwiderte Shelby entschieden.

»Nun, den Jungen geben Sie mir aber doch! Sie müssen zugeben, dass ich Ihnen ein ordentliches Angebot gemacht habe.«

»Was in aller Welt wollen Sie mit dem Kind?«, fragte Shelby.

»Ich habe einen Freund, der ein Geschäft aufmachen will. Er will hübsche Jungen an Leute abgeben, die dafür bezahlen können. So ein wirklich hübscher Junge, der die Tür öffnet, macht sich gut in einem vornehmen Haus; und dieser hier ist so komisch und so musikalisch, dass er für den Zweck wie geschaffen ist.«

»Ich möchte ihn nicht verkaufen«, meinte Shelby nachdenklich, »ich bin ein humaner Mann, Sir, und es widerstrebt mir, den Jungen von seiner Mutter zu reißen.«

»Das verstehe ich vollkommen. Frauen können manchmal sehr ungemütlich werden. Ich hasse es auch, wenn sie kreischen und schreien. Aber wie wäre es, wenn Sie das Mädchen auf ein paar Tage wegschickten? Die Sache würde sich dann in aller Ruhe erledigen lassen. Und wenn sie wieder nach Hause kommt, kauft Ihre Frau ihr ein Paar Ohrringe oder ein neues Kleid und alles ist in Ordnung.«

»Das glaube ich kaum.«

»Du lieber Gott, selbstverständlich ist es das. Diese Geschöpfe sind doch nicht wie die Weißen! Sie kommen über alles hinweg, wenn man es nur richtig anfängt. Man sagt immer, mein Geschäft macht gefühllos. Find ich gar nicht. Ich habe es freilich auch nie so betrieben wie manche andere. Von denen sind einige im Stande einer Mutter das Kind vom Arm zu reißen und es zu verkaufen, während sie wie toll kreischt; sehr schlechte Methode, beschädigt die Ware! Man sollte immer human bleiben, das ist meine Erfahrung. Man soll sich ja nicht selbst loben, aber ich stehe in dem Ruf stets die schönsten Negerherden mitzubringen: alle von guter Beschaffenheit, gesund und ansehnlich. Und das nur, weil ich so human bin!«

»Wirklich!«, sagte Mr Shelby, weil er nicht wusste, was er dazu sagen sollte.

»Ich bin wegen meiner Ansichten ausgelacht worden, Sir; aber ich habe an ihnen festgehalten und schönes Geld dabei verdient. Sehen Sie, wenn's nur irgend möglich ist, nehme ich beim Verkauf von Kindern ein bisschen Rücksicht; ich schaffe die Mütter aus dem Wege; – aus den Augen, aus dem Sinn, wissen Sie, und wenn es geschehen ist und sich nichts mehr ändern lässt, so gewöhnen sie sich daran. Wenn die Neger ordentlich erzogen sind, erwarten sie gar nicht ihre Kinder zu behalten. Darum kommen sie auch leicht darüber hinweg.«

»So sind meine Neger wohl nicht ordentlich erzogen«, versetzte Mr Shelby, fügte dann aber nach einer Pause, in der sie beide schweigend Nüsse geknackt hatten, hinzu:

»Ich will mir die Sache überlegen und mit meiner Frau besprechen; kommen Sie heute Abend zwischen sechs und sieben wieder, dann sollen Sie Antwort haben.« Nach diesen Worten entfernte sich der Händler unter vielen Verbeugungen aus dem Zimmer.

»Wäre ich doch nur in der Lage gewesen den unverschämten Burschen die Treppe hinabzuwerfen«, seufzte Mr Shelby, als die Tür sich schloss, »aber der Schurke weiß, dass er mich wegen meiner Schulden in der Hand hat. Ich möchte wissen, wie ich es meiner Frau beibringen soll, dass ich Tom und auch noch Elizas Kind verkaufen muss.«

Hierzu muss man wissen, dass Mr Shelby ein guter, freundlicher und nachsichtiger Herr war, der stets alles

getan hatte, damit es den Negern auf seinem Anwesen gut
ging. Er hatte sich jedoch auf unkluge Geschäfte eingelas-
sen und sich tief in Schulden gestürzt und seine Schuldbrie-
fe waren in die Hände Mr Haleys gefallen.

Eliza hatte, als sie sich der Tür näherte, genug von dem
Gespräch gehört, um zu wissen, dass ein Händler ihrem
Master irgendein Angebot machte. Sie wäre gern an der
Tür stehen geblieben, um zu horchen, gerade in diesem
Moment wurde sie jedoch von ihrer Missis gerufen und
musste hinwegeilen. Dennoch glaubte sie gehört zu haben,
dass der Händler ihren Jungen kaufen wollte. Konnte sie
sich geirrt haben? Ihr Herz schlug ihr bis zum Hals und
unwillkürlich drückte sie ihr Kind so fest an sich, dass der
kleine Bursche ihr erstaunt ins Gesicht blickte.

»Mädchen, was fehlt dir heute?«, fragte ihre Herrin, nachdem Eliza zuerst den Wasserkrug umgeworfen hatte und
ihr dann zerstreut einen Schlafrock statt des Seidenkleides
reichte, das sie aus dem Kleiderschrank nehmen sollte.
Eliza schrak zusammen.

»Oh Missis!«, sagte sie und brach in Tränen aus. »Unten
im Speisezimmer ist ein Händler, der mit dem Master
redet.«

»Nun, du dummes Kind, und was, wenn.«

»Oh Missis, denken Sie wirklich, dass der Master meinen
Harry verkaufen würde?« Und das arme Geschöpf
schluchzte krampfhaft.

»Ihn verkaufen! Nein, du törichtes Mädchen; du weißt,
dass dein Master nie einen seiner Diener verkauft, solange

sie sich gut betragen. Wer, denkst du, könnte Harry kaufen wollen? Glaubst du, alle Welt sei auf ihn so versessen wie du, Gänschen? Komm, beruhige dich und mach mir das Kleid zu. So, jetzt mach mir die hübsche Frisur, die du neulich gelernt hast, und horche nicht mehr an den Türen!« Durch den zuversichtlichen Ton ihrer Herrin wieder beruhigt, leistete Eliza ihr jetzt bei der Toilette geschickt Beistand und lachte über ihre eigenen Befürchtungen.

Mrs Shelby hatte nicht die geringste Ahnung von den Schwierigkeiten, in denen ihr Gatte steckte, sondern kannte nur seine Güte. Sie war daher vollkommen aufrichtig, als sie Elizas Befürchtungen zerstreute, und weil sie sich gerade auf einen Abendbesuch vorbereitete, vergaß sie die ganze Sache bald völlig.

Die Eltern

Eliza war schon als Kind in das Haus ihrer Herrin gekommen und als ihr Liebling aufgezogen worden. Von ihrer mütterlichen Fürsorge beschützt und zu einer strahlenden Schönheit herangewachsen, war sie an einen begabten jungen Mulatten namens George, der als Sklave auf einem benachbarten Gute arbeitete, verheiratet worden. Dieser junge Mann war von seinem Besitzer in eine Sacktuchfabrik vermietet worden, wo er wegen seiner Geschicklichkeit bald ungemein geschätzt wurde. Er hatte eine Maschine zur Reinigung des Hanfes erfunden, was ihn angesichts seiner Herkunft und seiner Bildung als technisches Genie auswies.

George war ein hübscher Mann und allgemein beliebt. Da er aber vor dem Auge des Gesetzes kein Mensch, sondern eine Sache war, standen alle diese Talente unter der Kontrolle eines engherzigen und tyrannischen Herrn. Ebendieser Herr hörte, wie man George wegen seiner Erfindung rühmte, und ritt eines Tages nach der Fabrik, um zu sehen, was sein intelligentes Haustier zu Wege gebracht hatte. Der Fabrikbesitzer empfing ihn mit großer Herzlichkeit und gratulierte ihm zum Besitz eines so wertvollen Sklaven.

George führte ihn in der Fabrik umher, zeigte ihm die Maschinen und sprach dabei so sachkundig, hielt sich so aufrecht und sah so hübsch und mannhaft aus, dass sein Herr ein unbehagliches Gefühl der Minderwertigkeit zu empfinden begann. Wer hatte seinem Sklaven erlaubt Maschinen zu erfinden und in Gegenwart eines Gentlemans den Kopf hoch zu tragen? Er wollte dem bald ein Ende machen; er wollte ihn zurücknehmen, ihn zum Hacken und Graben verwenden und sehen, ob er dann noch so umherstolzieren würde. Der Fabrikbesitzer war nicht wenig erstaunt, als er plötzlich Georges Lohn verlangte und die Absicht aussprach ihn mit nach Hause zu nehmen.

»Aber Mr Harris«, wandte er ein, »ist das nicht etwas plötzlich?«

»Nun, wenn auch; gehört der Mann nicht mir?«

»Wir wären bereit die Vergütung zu erhöhen, Sir!«

»Darauf kommt es mir gar nicht an; ich habe es nicht nötig, einen meiner Leute zu vermieten.«

»Aber Sir, er scheint für dieses Geschäft besonders begabt zu sein. Denken Sie nur an die Maschine, die er erfunden hat.«

»Oh ja! – Eine Maschine, die Arbeit spart. Das ist typisch Nigger. Die Nigger sind selbst alle arbeitssparende Maschinen. Kurz und gut: Er geht mit mir!«

George hatte wie erstarrt dagestanden, als er sein Urteil so plötzlich aussprechen hörte. Er schlug die Arme übereinander und presste die Lippen fest zusammen, aber in seiner Brust glühte ein ganzer Vulkan bitterer Gefühle. Er atmete schwer, seine großen, dunklen Augen blitzten und er wäre vielleicht in gefährlicher Weise aufgebraust, hätte nicht der freundliche Fabrikbesitzer seinen Arm berührt und ihm zugeflüstert: »Gib nach, George, geh für jetzt mit ihm; wir wollen versuchen, ob wir dir nicht noch helfen können.«

George wurde zurückgebracht und zu den niedrigsten Arbeiten eingesetzt. Er unterdrückte jedes respektlose Wort; aber sein blitzendes Auge, die bittere, gerunzelte Stirn redeten eine natürliche Sprache, die unmissverständlich war.

Während der glücklichen Zeit seiner Beschäftigung in der Fabrik hatte George seine Frau geheiratet. Im großen Gesellschaftszimmer des shelbyschen Hauses war das junge Paar getraut worden und Elizas Herrin hatte selbst das schöne Haar der Braut mit Orangenblüten geschmückt und den Brautschleier darüber geworfen. Ein paar Jahre hindurch sah Eliza ihren Mann häufig und nichts störte ihr Glück bis auf die Tatsache, dass sie zwei Kinder in ganz jungem Alter verloren. Nach der Geburt des kleinen Harry aber war Eliza eine glückliche Frau bis zu der Zeit, wo ihr Mann seinem gütigen Arbeitgeber rau entrissen und unter die eiserne Rute seines gesetzlichen Eigentümers gestellt wurde.

Wie er versprochen hatte, besuchte der Fabrikbesitzer, ein paar Wochen nachdem man George weggebracht hatte, Mr Harris und versuchte alles, um ihn zur Rückgabe des

jungen Mannes zu bewegen. Es war vergeblich. So schwand Georges letzte Hoffnung und er sah ein Leben voll Mühe und Anstrengung und schmerzlicher Kränkungen vor sich.

Mrs Shelby war ausgefahren, um ihren Besuch zu machen. Eliza stand auf der Veranda und blickte niedergeschlagen der Kutsche nach, als eine Hand sich auf ihre Schulter legte. Sie wendete sich um und ein strahlendes Lächeln erhellte ihre schönen Augen.
»George, bist du es? Wie du mich erschreckt hast! Nun, ich bin so froh, dass du gekommen bist. Komm in mein

Zimmer. Da stört uns niemand.« Mit diesen Worten zog
sie ihren Mann in ein hübsches Zimmer nahe der Veranda,
wo sie in Rufweite ihrer Herrin ihre Näharbeit zu verrich-
ten pflegte. »Wie froh ich bin! Warum lächelst du nicht?
Sieh unsern Harry an, wie er wächst! Ist er nicht schön?«,
fragte Eliza, indem sie dem Knaben das lange Haar aus der
Stirn strich und ihn zärtlich küsste.

»Ich wollte, er wäre nie geboren!«, seufzte George bitter.
»Ich wollte, ich wäre selbst nie geboren.«

Eliza blickte erschrocken auf, legte den Kopf auf die Schulter ihres Mannes und brach in Tränen aus. »Wie kannst du
nur so reden, George! Was ist denn Entsetzliches passiert?
Wir sind bis vor kurzem doch sehr glücklich gewesen.«

»Du hast Recht, Liebes«, erwiderte George, zog sein Kind
an sich, blickte fest in seine schönen, dunklen Augen und
strich ihm mit der Hand durch die dichten Locken. »Er
sieht dir ähnlich, Eliza, und du bist die hübscheste Frau,
die ich je gesehen habe, und die beste, die ich je zu sehen
wünsche. Aber ach! Ich wollte, ich hätte dich nie gesehen
und du mich auch nicht!«

»Oh George, wie kannst du nur so etwas sagen!«

»Ja, Eliza, das Leben ist ein einziges Elend. Nichts als
Schufterei und ich habe Angst, dass ich dich mit herabzie-
he. Was nützt es, wenn wir versuchen etwas zu schaffen,
etwas zu lernen, etwas zu werden? – Was habe ich denn
vom Leben? Ich wollte, ich wäre tot.«

»Lieber George, so zu denken ist gottlos. Ich weiß, was du
fühlst, weil du deine Stellung in der Fabrik verloren hast.

Du hast einen harten Master; aber ich bitte dich, sei geduldig und vielleicht –«.

»Geduldig! – War ich nicht geduldig? Hab ich ein Wort
gesagt, als er mich ohne allen Grund von da wegnahm, wo
alle gegen mich freundlich waren? Ich hab ihm meinen
Lohn bis auf den letzten Cent gegeben und alle sagen, dass
ich gut gearbeitet habe.«

»Es ist schrecklich!«, sagte Eliza. »Aber er ist doch dein
Master!«

»Mein Master! Wer hat ihn dazu gemacht? Welches Recht
hat er auf mich? Ich bin so gut ein Mensch wie er; ich bin
ein tüchtigerer Mensch als er; ich verstehe mehr vom Geschäft, kann besser lesen und schreiben und ich habe das
alles selbst und trotz der Hindernisse gelernt, die er mir in
den Weg gelegt hat; und nun möchte ich wissen, welches
Recht er dazu hat, mich zu einem Karrengaul zu machen?
Er lässt mich mit Absicht die härteste und schmutzigste
Arbeit machen, nur um mich, wie er sagt, zu erniedrigen
und zu demütigen.«

»Oh George! Du machst mir Angst. Ich habe dich nie so
reden hören; ich fürchte, du hast etwas Entsetzliches vor!
Bitte, bitte sei vorsichtig. Denk an mich, denk an Harry!«

»Ich war vorsichtig, ich war geduldig, aber es wird immer
schlimmer. Er benutzt jede Gelegenheit mich zu beleidi-
gen und zu quälen. Erst gestern, als ich Steine auf den
Wagen lud, stand der junge Master dabei und klatschte so
nahe bei dem Pferde mit der Peitsche, dass es unruhig
wurde. Ich bat ihn freundlich aufzuhören, aber er machte

weiter. Ich bat ihn noch einmal, da drehte er sich zu mir um und begann mich zu schlagen. Ich hielt ihm die Hand fest, da schrie er und trat um sich, lief zu seinem Vater und sagte, ich hätte ihn angegriffen. Dieser kam voller Wut zu mir, band mich an einen Baum, schnitt Ruten für den jungen Master und sagte, er dürfe mich schlagen, bis er müde sei . . . was dieser sich nicht zweimal sagen ließ. Das werde ich ihm einmal heimzahlen!« Der junge Mann blickte so finster und mit glühenden Augen drein, dass seine junge Frau schauderte. »Wer hat jenen Mann zu meinem Master gemacht!? Das ist es, was ich gern wissen möchte«, sagte er.

»Ich habe immer gedacht«, meinte Eliza betrübt, »dass ich meinem Master und meiner Missis gehorchen müsse, sonst könnte ich keine Christin sein.«

»Das ist in deinem Falle ja auch zu verstehen. Sie haben dich aufgezogen wie ihr Kind, dich genährt und gekleidet, Nachsicht mit dir gehabt und dir eine gute Ausbildung zukommen lassen – da dürfen sie schon Ansprüche auf dich stellen. Aber ich bin mit Füßen getreten und geschlagen, mit Verwünschungen überhäuft, und wenn es mir gut ging, bestenfalls allein gelassen worden. Wieso sollte ich dafür in jemandes Schuld stehen?«

Eliza schwieg. In einer solchen Stimmung hatte sie ihren Mann noch nie gesehen.

»Du erinnerst dich doch noch an den kleinen Carlo, den du mir gegeben hast«, fuhr George fort. »Das Tier war mein einziger Trost. Er schlief nachts bei mir und folgte mir tagsüber überall hin und schaute mich an, als verstünde er, was ich fühlte. Neulich fütterte ich ihn mit einigen Abfällen, die ich an der Küchentür aufgelesen hatte. Da kam der Master dazu und sagte, ich fütterte ihn auf seine Kosten und er könnte doch nicht jedem Nigger erlauben einen Hund zu halten. Ich sollte ihm einen Stein an den Hals binden und ihn in den Teich werfen.«

»Oh George, du hast doch nicht etwa –?«

»Ich nicht, aber er. Er warf sogar noch mit Steinen nach ihm, als er am Ertrinken war. Das arme Ding! Er schaute mich so traurig an, als ob er fragen wollte, warum ich ihn nicht rettete. Und ich bekam anschließend noch eine Tracht Prügel, weil ich es nicht selbst getan hatte. Aber das macht mir nichts. Mein Tag wird noch kommen.«

»Was willst du tun? George, tu nichts Böses, vertrau auf Gott, so wird Er dich erlösen.«

»Ich bin nicht so christlich wie du, Eliza. Ich kann nicht auf Gott vertrauen! Warum lässt Er solche Dinge geschehen?«

»Oh George, wir müssen Glauben haben. Die Missis sagt, dass Gott gerade dann alles zum Besten kehrt, wenn es uns schlecht geht.«

»Das sagt sich leicht für Leute, die auf ihren Sofas sitzen und in ihren Kutschen fahren. In meiner Lage würden sie sicher auch anders denken. Aber du weißt noch nicht alles, Eliza«, fuhr George in der Erzählung seiner Leiden fort. »Vor kurzem hat mein Master gesagt, dass er ein Narr gewesen sei, als er mir erlaubte dich zu heiraten. Er meint, du setztest mir stolze Ideen in den Kopf. Jetzt will er mich nicht mehr hierher kommen lassen und sagt, ich solle mir eine andere Frau nehmen und mit ihr auf seinem Gute leben.«

»Aber du bist doch mit mir verheiratet. Der Pfarrer hat uns doch getraut, genau so, als ob du ein Weißer wärest«, sagte Eliza einfach.

»Weißt du nicht«, erwiderte George, »dass ein Sklave nicht heiraten kann? Das ist vom Gesetz in diesem Land nicht vorgesehen. Ich kann dich nicht zur Frau behalten, wenn mein Master uns trennen will; darum wünschte ich dich nie gesehen zu haben und dieses arme Kind wäre nie geboren. Alles das kann unserem Harry auch einst zustoßen.«

»Nein, George, unser Master ist so gut!«

»Gewiss, aber er kann sterben und das Kind kann an wer weiß wen verkauft werden.« Diese Worte trafen Eliza schwer. Sie erinnerte sich an den Händler und blickte unruhig auf die Veranda hinaus, wohin sich der Knabe zurückgezogen hatte und wo er auf Mr Shelbys Spazierstock hin und her ritt. Einen Moment lang dachte sie daran, George von ihren Ängsten zu erzählen, dann aber entschloss sie sich ihn nicht auch noch damit zu belasten.

»Eliza«, sagte der junge Mann trübe, »bleibe guten Mutes und lebe wohl; ich gehe.«

»Du gehst, George! Wohin?«

»Nach Kanada!«, antwortete er, sich hoch aufrichtend, »und wenn ich dort bin, werde ich dich kaufen. Das ist die einzige Hoffnung, die uns bleibt. Du hast einen guten

Master, der sich nicht weigern wird dich mir zu verkaufen. Ich will dich und den Knaben kaufen – mit Gottes Hilfe werde ich es schaffen.«

»Oh entsetzlich, wenn du gefangen würdest!«

»Ich werde nicht gefangen, Eliza; lieber will ich sterben. Ich werde frei sein oder sterben.«

»Du wirst dich doch nicht umbringen?«

»Das ist gar nicht nötig. Sie werden mich schnell genug umbringen; den Fluss hinunter bekommen sie mich lebend nie.«

»Oh George, um meinetwillen sei vorsichtig! Tu nichts Böses und tu dir nichts an. Bitte Gott dir zu helfen!«

»Bete du«, sagte George, »vielleicht hört Gott auf dich. Leb wohl!« George ergriff Elizas Hand und sie sahen sich lange in die Augen. Traurig nahmen sie voneinander Abschied und ihre Hoffnung auf ein Wiedersehen hing an einem Faden, dünner als ein Spinnengewebe.

Ein Abend in Onkel Toms Hütte

Onkel Toms Hütte war ein kleines hölzernes Gebäude dicht bei dem »Hause«, wie die Neger die Wohnung ihres Masters zu nennen pflegen. Inmitten eines wohl gepflegten Obst- und Gemüsegärtchens lag die aus rohen Balken gezimmerte Hütte, deren ganze Vorderseite mit Monatsrosen überzogen war. Hier fand sich auch ein Plätzchen, wo im Sommer bunte einjährige Blumen ihren Glanz entfalten konnten und den Stolz und die Freude der Tante Chloe bildeten.

Treten wir hinein. Die Abendmahlzeit im Herrenhause ist vorüber. Tante Chloe, die als Oberköchin deren Zubereitung geleitet hatte, hat den niederen Küchengeistern das Aufräumen und Tellerwaschen überlassen und ist in ihr eigenes schmuckes Reich herübergekommen, um »ihrem Alten« das Abendbrot zu bereiten. Sie steht am Herde, wo sie den zischenden Inhalt einer dampfenden Pfanne beaufsichtigt und dann und wann mit Würde den Deckel einer Backform, aus der unzweifelhafte Anzeichen von etwas Gutem aufdampfen, hochhebt. Ihr rundes, schwarzes Gesicht glänzt; unter ihrem gut gestärkten, karierten Turban strahlt sie Zufriedenheit, aber auch ein wenig von dem Selbstbewusstsein aus, welches der anerkannt besten Köchin der Gegend zukommt.

Chloe war Köchin mit Leib und Seele. Jedes Huhn, jeder Truthahn, jede Ente im Hofe machte bei ihrem Anblick ein ernstes Gesicht und schien an das nahende Ende zu denken. Ihre verschiedenen Arten von Maiskuchen blieben für andere ein unergründliches Geheimnis und sie schüttelte sich vor Lachen, wenn sie stolz davon erzählte, wie die eine oder andere Rivalin ohne Erfolg den Versuch unternommen hatte sich zur Höhe ihrer Backkunst zu erheben.

In einer Ecke der Hütte stand ein Bett mit schneeweißer Decke; davor lag ein Teppich von beachtlicher Größe, den Tante Chloe als Beweis dafür ansah, dass sie zu den besseren Kreisen gehörte. Daher wurden er, das Bett, vor dem er lag, und die ganze Ecke der Hütte mit größter Rücksicht behandelt. Kurz, jene Ecke war das Gesellschaftszimmer der Hütte. In der anderen Ecke befand sich ein Bett von weit bescheideneren Ansprüchen, das offenbar zum Gebrauch bestimmt war. Die Wand über dem Kamin war mit einigen sehr bunten Bildern aus der Heiligen Schrift und einem Porträt von General Washington geschmückt.

Auf einer groben Bank in der Ecke beaufsichtigten ein Paar wollköpfige Knaben mit blitzenden, schwarzen Augen und dicken, glänzenden Wangen die ersten Gehversuche des Babys, welche, wie gewöhnlich, darin bestanden, dass sich die Kleine auf die Füße erhob, einen Augenblick schwankte und dann wieder zu Boden fiel.

Ein für die bevorstehende Mahlzeit gedeckter Tisch, etwas rheumatisch in seinen Gliedern, war vor das Kaminfeuer gezogen. Hier saß Onkel Tom, Mr Shelbys bester Arbeiter, ein großer, breitschultriger Mann, in dessen tiefschwarzen afrikanischen Gesichtszügen Herzensgüte, Geduld und Verstand aufleuchteten. Er zeigte Würde und Selbstachtung, zugleich aber auch bescheidene Einfachheit.

Im Moment war er damit beschäftigt, auf eine vor ihm liegende Schiefertafel langsam und bedächtig Buchstaben zu malen, wobei ihn der junge Master George Shelby, ein hübscher, dreizehnjähriger Knabe, beaufsichtigte.

»Nicht so, Onkel Tom, nicht so!«, sagte er, als Tom den Strich eines *g* an der falschen Seite anbrachte. »So gibt es ein *q*.«

»Wirklich?«, seufzte Tom und schaute bewundernd zu, wie sein junger Lehrer eine Menge *g und q* zu seiner Belehrung hinkritzelte. Dann nahm er den Griffel wieder in seine schwerfälligen Finger und begann geduldig von neuem.

»Wie leicht den weißen Leuten alles fällt!«, sagte Tante Chloe, indem sie ihre Beschäftigung unterbrach und den jungen Master George mit Stolz betrachtete. »Wie er schreiben und lesen kann! Und dass er abends hier zu uns rauskommt und uns was vorliest – das ist mächtig interessant.«

»Aber ich werde mächtig hungrig, Tante Chloe«, versetzte George, »ist der Kuchen noch nicht fertig?«

»Beinahe, Master George«, antwortete Tante Chloe, während sie den Deckel aufhob und in die Form schaute. »Er wird herrlich braun. Das macht mir keine nach. Die Missis ließ neulich Sally einen Kuchen backen, nur damit sie es lernte. ›Missis‹, sagte ich, ›es tut mir wirklich weh, wenn gute Speisen so verdorben werden; der Kuchen ist nur auf einer Seite aufgegangen, er sieht aus wie ein Schuh.‹« Während Tante Chloe so ihre Verachtung über die Unerfahrenheit Sallys zum Ausdruck brachte, nahm sie den Deckel von der Form und es erschien ein Kuchen, dessen sich kein Konditor in der Stadt hätte zu schämen brauchen.
»Los, Moses und Peter, aus dem Weg, ihr Nigger! Geh weg, Polly, mein Süßes! Nun, Master George, legen Sie die Bücher weg und setzen Sie sich zu meinem Alten, jetzt gibt's Pfannekuchen.«

»Ich sollte zu Hause zu Abend essen«, sagte George, »aber ich wusste zu gut, wo es schmeckt, Tante Chloe.«

»Das wussten Sie – das wussten Sie, Liebchen«, sagte Tante Chloe, die jetzt die dampfenden Pfannekuchen auf seinen Teller häufte. »Sie wussten, dass die alte Tante Chloe das Beste für Sie aufheben würde. Oh, das weiß keiner so gut!«

»Nun zum Kuchen«, sagte George, als der Nachschub aus der Pfanne etwas spärlicher wurde, und nahm ein großes Messer zur Hand.

»Um Gottes willen, Master George!«, rief sie und hielt ihm den Arm fest. »Sie wollen den Kuchen doch nicht mit dem großen, schweren Messer schneiden? Da würde ja alles zusammenfallen. Hier ist ein dünnes, altes Messer, das ich dazu immer scharf halte. Hier – geht leicht wie eine Feder auseinander. Langen Sie nur kräftig zu; was Besseres gibt es nicht!«

»Tom Lincon sagt, dass seine Jinny eine bessere Köchin ist als du«, neckte George sie mit vollem Mund.

»Die Lincons sind ganz und gar nichts Besonderes«, versetzte Chloe verächtlich, »ich meine, im Vergleich mit unseren Leuten. Erzähl mir doch nichts von den Lincons!«

»Aber hast du nicht gesagt, dass Jinny eine ganz ordentliche Köchin ist?«

»Kann sein«, antwortete Tante Chloe. »Sie kocht gute, einfache Hausmannskost. Sie backt gutes Brot und kann Kartoffeln kochen; ihre Maiskuchen sind nichts Besonderes, aber sie sind ordentlich. Aber wenn es um die feinere

Küche geht, du lieber Gott, was kann sie da? Kann sie etwa Pasteten backen, die auf der Zunge zergehen? Ich war mal drüben, als Miss Mary heiratete, und Jinny zeigte mir die Hochzeitspasteten. Ich hab nichts gesagt, weil Jinny meine Freundin ist, aber ich könnte eine Woche lang kein Auge zutun, wenn ich solche Pasteten gemacht hätte. Sie taugten gar nichts.«

»Jinny hat sie aber doch wohl für ausgezeichnet gehalten«, wandte George ein.

»Muss sie wohl. Sie hat sie mir ja in aller Unschuld gezeigt. Die Sache ist die, dass Jinny es nicht besser weiß, weil ihre Familie keinen Geschmack hat. Sie wissen ja gar nicht, was Sie an Ihrer Familie haben.«

»Ich weiß sehr wohl, was ich an meinen Pasteten und Kuchen habe«, sagte George. Über diese witzige Bemerkung des jungen Masters lachte Tante Chloe so unbändig, dass ihr die Tränen die Wangen hinabliefen. Unterdessen war George an einem Punkt angelangt, den (unter ungewöhnlichen Umständen) selbst Knaben seines Alters gelegentlich erreichen, den Punkt nämlich, dass er keinen Bissen mehr hinunterbringen konnte. Er hatte daher Zeit die Reihe von Wollköpfen und glänzenden Augen zu beobachten, die ihm hungrig zusahen.

»Hier, Moses, hier, Peter!«, rief er, indem er große Stücke Kuchen abbrach und den Kindern zuwarf. »Nicht wahr, ihr wollt auch etwas haben? Nun, Tante Chloe, back ihnen doch auch Pfannekuchen!« Und George und Tom begaben sich auf einen bequemen Sitz an der Kaminecke. Tante

Chloe buk noch einen ganzen Berg Pfannekuchen, nahm ihr Baby auf den Schoß und begann abwechselnd dessen Mund und ihren eigenen zu füllen. Auch Moses und Peter bekamen ihre Portion und es schien ihnen besonderes Vergnügen zu bereiten, diese unter dem Tische zu verzehren. Sie wälzten sich auf dem Boden, kitzelten einander und zupften von Zeit zu Zeit das Schwesterchen an den Zehen.

»Weg mit euch!«, sagte die Mutter und trat ab und zu, wenn es dort zu toll wurde, ohne zu zielen, mit dem Fuß unter den Tisch. »Könnt ihr euch nicht anständig betragen, wenn ihr Besuch von weißen Leuten habt. Benehmt euch oder ich ziehe euch die Ohren lang, wenn Master George weg ist!«

»Ach Gott«, sagte Onkel Tom, »lass sie sich doch austoben.« Jetzt krochen die beiden Jungen mit sirupbedeckten Händen und Gesichtern unter dem Tische hervor und begannen das Baby zu küssen.

»Marsch, fort«, gebot die Mutter, indem sie ihre wolligen Köpfe hinwegschob, »ihr werdet alle zusammenkleben und nie wieder loskommen, wenn ihr so weitermacht. Geht an den Brunnen und wascht euch!« Und zu George gewandt, fragte sie beinahe stolz: »Haben Sie jemals so nichtsnutzige Jungen gesehen?« Dann rieb sie mit einem alten Handtuch den Sirup vom Gesicht des kleinen Mädchens, setzte das Kind auf Toms Schoß und räumte den Tisch ab.

Die Kleine benutzte die Zwischenzeit, um Tom an der

Nase zu zupfen und die dicken Händchen in seinem Haar zu vergraben, was ihr ein besonderes Vergnügen zu bereiten schien.

»Ist sie nicht vorwitzig?«, sagte Tom und hielt sie von sich, um sie genauer zu mustern; dann setzte er sie auf seine breite Schulter und begann mit ihr umherzuspringen und zu tanzen, während Master George mit seinem Taschentuche nach ihr schnippte. Moses und Peter, die inzwischen zurückgekehrt waren, brüllten hinter ihr her wie die Bären, bis Tante Chloe sagte, bei dem Lärm fiele ihr gleich der Kopf ab. Da sie dies aber jeden Tag sagte, tat es der Freude in der Hütte keinen Abbruch, bis endlich alle von dem vielen Tanzen und Umherspringen müde waren.

»Ich will hoffen, dass ihr jetzt endlich fertig seid«, rief Tante Chloe, die mittlerweile einen einfachen Kasten mit Bettzeug vorgezogen hatte. »Da, Moses und Peter, legt euch hinein; wir werden hier noch eine kleine Versammlung haben!«

»Oh Mutter, wir wollen bei der Versammlung dabei sein; das ist so lustig.«

»Dann schieb den Kasten doch wieder ein und lass sie aufbleiben, Tante Chloe!«, bat Master George.

Diese war offensichtlich begeistert von dem Vorschlag und wenig später überlegte man gemeinsam, welche Vorbereitungen für die Versammlung zu treffen waren. »Woher wir so viele Stühle nehmen sollen, weiß ich beim besten Willen nicht«, stöhnte Tante Chloe. Da sich aber dieses Problem jede Woche stellte und immer irgendwie gelöst wurde, nahm niemand den Einwand besonders ernst.

»Der alte Onkel Peter hat letzte Woche zwei Beine aus dem alten Stuhl da gesungen«, erzählte Moses.

»Frechheit! Ich wette, ihr habt sie abgebrochen, ihr Schlingel«, schimpfte Tante Chloe.

»Er wird schon stehen«, sagte Peter, »wenn er an die Wand gelehnt wird; aber dann darf Onkel Peter nicht draufsitzen; der rutscht die ganze Zeit hin und her, wenn er singt. Neulich abends ist er beinahe durch das ganze Zimmer gerutscht.«

»Dann sollte er gerade draufsitzen«, meinte Moses, »wenn er dann singt: ›Kommt, fromme Leut und Sünder, oh kommt und hört mich an‹, dann purzelt er zu Boden.« Moses ahmte die näselnde Stimme des alten Mannes nach und ließ sich niederfallen, um die Sache recht anschaulich zu machen.

»Schämt ihr euch nicht?«, schimpfte Chloe, während Master George laut lachte. Dann sagte sie zu Tom: »Nun, Alter, du wirst die Fässer hereinbringen müssen.«

»Eins ist letzte Woche mitten beim Singen zusammengebrochen und alle, die draufsaßen, sind runtergepurzelt«, flüsterte Peter dem jungen Master zu, während zwei leere Fässer in die Hütte gerollt wurden. Nachdem man sie auf beiden Seiten durch Steine gesichert hatte, damit sie nicht auseinander rollen konnten, legte man Bretter darüber. Dann drehte man noch einige Wannen und Eimer um und verteilte die wackligen Stühle im Raum.

»Master George ist ein so guter Leser, dass er bestimmt hier bleibt, um uns etwas vorzulesen«, sagte Chloe und George willigte gern ein; denn Knaben sind stets zu allem bereit, wenn sie sich dabei wichtig vorkommen können.

Das Zimmer füllte sich bald mit einer bunten Versammlung, vom grauköpfigen Negerpatriarchen herab bis zu den jungen Mädchen und Burschen. Bald begann, ganz offenkundig zur Freude aller Anwesenden, das lebhafte und zugleich inbrünstige Singen, begleitet von Händeklatschen und zahlreichen Gesten und immer wieder unterbrochen durch gegenseitige Ermahnungen und Erfahrungsberichte. Endlich las Master George die letzten Kapitel aus der Offenbarung des Johannes vor und flocht darin, die Bewunderung seines jungen und alten Publikums genießend, eigene Gedanken ein, was ihm das Lob einbrachte, auch ein Prediger hätte es nicht besser machen können.

Mit einem rührend einfachen Gebet von Onkel Tom, der von der kleinen Gemeinde respektvoll als eine Art Prediger angesehen wurde, schloss die Versammlung.

Verkauft

Unterdessen saßen Mr Shelby und der Händler im Herrenhaus an einem Tisch, der mit Papieren und Schreibzeug bedeckt war. Mr Shelby zählte Bündel von Banknoten, die er dann dem Händler hinüberschob, worauf dieser sie nachzählte.

»In Ordnung«, sagte Mr Haley, »und nun Ihre Unterschrift unter diese Papiere hier.«

Mr Shelby zog hastig die Verkaufsdokumente an sich, unterzeichnete sie wie jemand, der ein unangenehmes Geschäft gern so schnell wie möglich erledigt, und schob sie hinüber. Haley seinerseits holte aus seiner abgenutzten Reisetasche ein Schriftstück, betrachtete es kurz und gab es dann an Mr Shelby, der seine Gier, es in die Hand zu bekommen, nur mühsam unterdrücken konnte.

»Damit ist die Sache abgemacht«, sagte der Händler und stand auf.

»Abgemacht!«, versetzte Mr Shelby nachdenklich, atmete tief auf und wiederholte: »Abgemacht!« Dann entließ er den Händler mit dem Versprechen Tom nur in gute Hände zu verkaufen und zündete sich eine Zigarre an.

Mr und Mrs Shelby hatten sich in ihr Schlafzimmer begeben. Er saß im Lehnstuhl und las Briefe, die mit der Nachmittagspost gekommen waren und sie stand vor dem Spiegel und löste ihre Frisur auf. Weil sie Elizas bleiche Wangen und ihre verstörten Augen bemerkt hatte, hatte sie ihr für den Abend freigegeben und sie zu Bett geschickt.

»Übrigens, Arthur«, fragte sie ihren Gatten, »wer war der ordinäre Mensch, den du heute zum Essen mitgebracht hast?«

»Er heißt Haley«, antwortete Shelby, ohne die Augen von dem Briefe zu erheben.

»Haley! Und was will er hier?«

»Ich habe Geschäfte mit ihm gemacht, als ich das letzte Mal in Natchez war, und ich hatte ihn eingeladen, weil ich noch einiges mit ihm zu erledigen hatte«, antwortete Mr Shelby.

»Ist er ein Sklavenhändler?«, fragte Mrs Shelby, die eine gewisse Verlegenheit im Benehmen ihres Gatten entdeckte.

»Wie kommst du denn darauf, meine Liebe?«, fragte Shelby aufblickend.

»Eliza kam heute nach dem Essen völlig verstört zu mir und sagte weinend, du sprächest mit einem Händler und dieser wolle ihren Jungen kaufen.«

»Das hat sie gesagt?«, fragte Mr Shelby und blickte wieder auf seinen Brief, ohne zu merken, dass er ihn verkehrt herum hielt.

»Ich habe Eliza gesagt«, erwiderte Mrs Shelby und fuhr fort ihr Haar zu bürsten, »dass du nie einen unserer Sklaven verkaufen würdest und an einen solchen Menschen schon gar nicht.«

»Nun, Emily«, antwortete ihr Gatte, »so habe ich's allerdings bisher gehalten, allein meine Geschäfte gehen momentan so schlecht, dass ich einige Leute verkaufen muss.«

»An den Menschen? Unmöglich! Das kann nicht dein Ernst sein!«

»Leider doch. Ich habe eingewilligt Tom zu verkaufen.«

»Was, unsern Tom? – Das treue Geschöpf, das von Jugend auf dein Diener gewesen ist! Und das, wo wir ihm beide mehr als hundertmal die Freiheit versprochen haben. Jetzt kann ich alles glauben, sogar dass du im Stande wärest den kleinen Harry, das einzige Kind der armen Eliza, zu verkaufen«, sagte Mrs Shelby voller Kummer und Entrüstung.

»Nun, da du doch alles erfahren musst – es ist so: Ich habe eingewilligt Tom und Harry zu verkaufen und ich weiß nicht, weshalb ich als Ungeheuer gescholten werde, wenn ich tue, was andere täglich tun.«

»Aber warum gerade diese beiden?«

»Weil sie das meiste einbringen. Wenn dir das lieber ist, kann ich aber auch Eliza verkaufen. Der Mensch hat mir einen hohen Preis für sie geboten«, sagte Mr Shelby.

»Der Schuft!«, rief Mrs Shelby heftig.

»Ich habe keinen Moment daran gedacht, auf das Angebot einzugehen, weil ich Rücksicht auf deine Gefühle genommen habe. Dafür verdiente ich eigentlich ein Lob.«

»Vergib mir, Lieber«, entgegnete Mrs Shelby, die sich

wieder gefasst hatte. »Ich war etwas vorschnell; aber du wirst mir doch gewiss erlauben mich für diese armen Geschöpfe zu verwenden. Tom ist ein hochherziger, treuer Bursche, wenn er auch schwarz ist. Ich glaube, dass er, wenn nötig, sein Leben für dich opfern würde. Und Eliza – ; ich habe mit ihr über ihren Knaben geredet und ihr klargemacht, dass sie ihn christlich erziehen muss. Was kann ich jetzt sagen, wenn du ihn ihr entreißt und ihn an einen Mann ohne Grundsätze verkaufst, nur um einen kleinen Gewinn zu machen? Ich habe ihr gesagt, dass eine Seele mehr wert ist als alles Geld auf Erden; wie soll sie mir glauben, wenn wir uns dann einfach umdrehen und ihr Kind verkaufen?«

»Es tut mir Leid«, sagte Mr Shelby, »und ich verstehe deine Gefühle, auch wenn ich sie nicht ganz teile. Aber es gibt keinen anderen Ausweg. Ich wollte es dir nicht sagen, Emily; aber ich muss entweder diese beiden oder alles verkaufen. Haley besitzt einen Schuldbrief von mir, und wenn ich nicht sofort zahle, wird er uns alles nehmen. Ich habe zusammengekratzt, was ich hatte, geborgt und alles getan außer gebettelt – und der Kaufpreis für diese beiden war nötig, um die Summe voll zu machen; ich musste sie abtreten. Haley fand Gefallen an dem Kind; er war bereit die Sache auf diese Weise, aber auch nur auf diese Weise zu regeln. Ich war in seiner Gewalt und musste mich fügen.«

Mrs Shelby stand wie vom Schlage gerührt; dann verbarg sie ihr Gesicht in den Händen und stöhnte: »Das ist Gottes Fluch, der auf der Sklaverei lastet, ein Fluch für den Herrn wie für den Sklaven. Ich war so töricht zu denken, dass ich aus einem so furchtbaren Übel etwas Gutes machen könne! Ich glaubte durch Fürsorge und Bildung die Lage meiner Diener verbessern zu können; – ich Törin!«

Bei diesen Worten spielte sie zerstreut mit ihrer goldenen Uhr und fuhr dann fort: »Ich habe nicht viele Juwelen, Arthur; aber würde diese Uhr nicht einiges bringen? Sie hat einmal viel Geld gekostet. Wenn ich wenigstens Elizas Kind retten könnte, würde ich alles opfern, was ich besitze.«

»Es tut mir Leid, Emily, aber das würde auch nichts nützen. Die Kaufverträge sind unterschrieben und in Haleys Hand und du musst dankbar sein, dass es nicht schlimmer steht. Wenn du diesen Mann so gut kennen würdest wie ich, wäre dir klar, wie knapp wir dem Ruin entkommen sind. Der Mann würde seine Mutter verkaufen, wenn er damit ein gutes Geschäft machen könnte. Die Sache soll morgen schon über die Bühne gehen. Ich werde ganz früh ausreiten, denn ich kann Tom auf keinen Fall in die Augen sehen. Und du fährst auch besser morgen mit Eliza irgendwohin, damit sie nicht dabei ist, wenn man ihr Kind wegholt.«

Bei diesem Gespräch gab es eine Zuhörerin, von der Mr und Mrs Shelby nichts ahnten. An das Schlafzimmer grenzte nämlich ein Nebenraum, den man auch von außen betreten konnte. Hier hatte sich Eliza, als Mrs Shelby sie zu Bett schickte, versteckt und jedes Wort mit angehört. Sobald die Stimmen verklangen, erhob sie sich und schlich vorsichtig hinweg. Starr und mit zusammengepressten Lippen hatte sie nichts mehr von dem weichen, furchtsamen Mädchen an sich, das sie bisher gewesen war. Sie schlüpfte durch den Gang, blieb einen Augenblick an der Tür ihrer Missis stehen, hob die Arme in stummem Gebet zum Himmel, wendete sich darauf ab und eilte in ihr eigenes Zimmer. Hier war ihre Heimat; hier auf dem Bett lag ihr schlummernder Knabe, dem die langen Locken nachlässig über das ahnungslose Gesicht fielen; seine dicken Händchen lagen auf der Bettdecke und ein Lächeln breitete sich gleich einem Sonnenstrahl über sein Antlitz.

»Armer Junge!«, seufzte Eliza. »Man hat dich verkauft; aber deine Mutter wird dich retten.« Dann nahm sie ein Blatt Papier und einen Bleistift und schrieb hastig:

»Oh Missis – liebe Missis! Halten Sie mich nicht für undankbar; denken Sie nicht schlimm von mir – ich habe alles gehört, was Sie und der Master heute Abend sagten. Ich will versuchen meinen Jungen zu retten. Sie werden mich nicht tadeln. Gott segne und belohne Sie für all Ihre Güte!«

Sie faltete das Blatt zusammen und schrieb darauf, für wen es bestimmt war. Dann ging sie an ihre Kommode und schnürte ein kleines Kleiderbündel und trotz des Schreckens dieser Stunde vergaß die fürsorgliche Mutter nicht ein paar von Harrys Lieblingsspielsachen einzupacken. Es kostete Mühe den kleinen Schläfer aufzuwecken. Als er seine Mutter in Hut und Schal erblickte, fragte er: »Wohin gehst du, Mutter?«

Eliza sah ihm so eindringlich in die Augen, dass er sofort

erriet, dass etwas Ungewöhnliches im Gange sei. »Still, Harry«, sagte sie, »du darfst nicht laut sprechen. Ein böser Mann ist gekommen, um den kleinen Harry seiner Mutter wegzunehmen; aber Mutter wird das nicht zulassen. Sie will ihren Jungen anziehen und mit ihm weglaufen, damit ihn der hässliche Mann nicht fangen kann.« Damit knöpfte sie die einfache Kleidung des Jungen zu, nahm ihn auf den Arm, flüsterte ihm zu, dass er ganz still sein müsse, öffnete die Tür ihres Zimmers, die auf die Veranda hinausführte, und glitt geräuschlos aus dem Hause. Es war eine kalte, sternenklare Nacht und die Mutter wickelte ihren Schal fest um ihr Kind.

Der alte Bruno, ein großer Neufundländer, der vor der Eingangstür schlief, erhob sich mit leisem Knurren, als sie in seine Nähe kam. Sie rief leise seinen Namen und das Tier wedelte mit dem Schweife und folgte ihr augenblicklich. Nach wenigen Minuten erreichten sie Onkel Toms Hütte. Eliza klopfte leise an das Fenster.

Die Versammlung bei Onkel Tom hatte sich noch lange ausgedehnt, sodass Tom und seine gute Frau noch nicht schliefen, obwohl es schon nach Mitternacht war.

»Guter Gott, was ist das?«, rief Tante Chloe, indem sie aufsprang und schnell den Vorhang hinwegzog. »So wahr ich lebe, es ist Lizzy. Zieh schnell deinen Rock an, Alter; da ist auch der alte Bruno und kratzt an der Tür. – Was hat das zu bedeuten? Ich mache sofort auf.« Die Tür flog auf und der Schein der in Eile angezündeten Kerze fiel auf das verstörte Gesicht der Flüchtigen.

»Gott segne dich! Man erschrickt ja, wenn man dich ansieht. Bist du krank oder was ist mit dir passiert?«
»Ich laufe weg, Onkel Tom und Tante Chloe. Ich schaffe mein Kind fort; der Master hat es verkauft.«
»Es verkauft?«, wiederholten beide im Chor, indem sie entsetzt die Hände erhoben.
»Ja, verkauft«, antwortete Eliza fest, »ich habe heute Abend heimlich ein Gespräch belauscht und gehört, wie der Master zur Missis sagte, dass er meinen Harry und dich, Onkel Tom, an einen Händler verkauft habe und dass du heute noch wegsollst.«
Tom hatte bei diesen Worten mit erhobenen Händen und weit offenen Augen dagestanden; als ihm allmählich klar wurde, was sie bedeuteten, sank er langsam auf einen Stuhl

und ließ den Kopf auf die Knie gleiten. »Gott sei uns gnädig!«, rief Tante Chloe. »Das kann doch nicht wahr sein! Was hat er getan, dass der Master *ihn* verkauft?«

»Er hat nichts getan; es ist nicht deshalb. Der Master möchte ihn gern behalten und die Missis – sie ist immer gut; ich hörte, wie sie für uns bat und bettelte; aber es nützte nichts. Der Master hat Schulden bei dem Mann und er sagt, wenn er nicht Tom und meinen Jungen verkauft, müsse er das Gut und alle Leute verkaufen. Er sagt, es tue ihm Leid; aber ach, die Missis! – Ihr hättet sie sprechen hören sollen! Wenn sie nicht eine Christin und ein Engel ist, so hat es nie einen gegeben. Es ist eine Sünde, dass ich so von ihr gehe, aber ich kann nicht anders.«

»Nun, Alter«, sagte Tante Chloe, »warum gehst du nicht auch? Willst du warten, bis du den Fluss hinabgeschleppt wirst, wo man die Nigger mit schwerer Arbeit und Hunger umbringt? Mache dich mit Lizzy auf und davon. Mach dich fertig, ich packe deine Sachen ein!«

Tom hob langsam den Kopf, sah sich betrübt, aber ruhig um und sagte: »Nein, ich gehe nicht. Lass Eliza gehen, sie hat das Recht dazu; aber du hast gehört, was sie gesagt hat. Wenn entweder ich verkauft werden muss oder alle übrigen auf dem Gute, dann muss ich mich eben verkaufen lassen. Ich werde es so gut ertragen können wie andere«, fügte er hinzu, während ein Schluchzen seine breite Brust erschütterte. »Ich habe das Vertrauen des Masters nie enttäuscht und ich werde das auch jetzt nicht tun. Der Master wird für dich sorgen, Chloe, und für die armen –« Hier wendete er sich nach dem Bettkasten voll kleiner Wollköpfe um und seine Stimme versagte; er bedeckte das Gesicht mit seinen großen Händen, dumpfes Schluchzen erschütterte ihn und große Tränen quollen zwischen seinen Fingern hindurch und fielen auf den Fußboden. –

In der Tür sagte Eliza: »Ich habe heute Nachmittag noch meinen Mann gesehen. Da wusste ich noch nicht, was passieren würde. Er wollte weglaufen. Wenn ihr könnt, versucht ihm eine Nachricht zu übermitteln. Lasst ihn wissen, weshalb ich gegangen bin und dass ich versuchen werde mich nach Kanada durchzuschlagen.« Dann fügte sie noch mit tränenerstickter Stimme hinzu: »Sagt ihm, dass er so gut sein soll, wie er kann, damit er mich im Himmel trifft. – Ruft Bruno herein; schließt das arme Tier ein. Es darf nicht mit mir gehen!« Noch einige letzte Worte und Tränen, noch einige einfache Segenswünsche und die Mutter war, ihr erschrecktes Kind in den Armen, verschwunden.

Die Entdeckung

Mr und Mrs Shelby schliefen am nächsten Morgen etwas länger als gewöhnlich. »Ich möchte wissen, wo Eliza steckt«, sagte sie, nachdem sie wiederholt vergeblich geklingelt hatte.

Mr Shelby stand vor dem Spiegel und schärfte sein Rasiermesser; in diesem Augenblick öffnete sich die Tür und ein farbiger Knabe trat mit dem Rasierwasser ein.

»Andy«, sagte seine Herrin, »geh einmal an Elizas Tür und sag ihr, dass ich dreimal nach ihr geklingelt habe. Das arme Ding!«, fügte sie mit einem tiefen Seufzer hinzu.

Andy kehrte bald zurück, die Augen vor Erstaunen weit offen. »Um Gottes willen, Missis, Lizzys Schubkästen stehen offen und ihre Sachen liegen überall umher.«

Mr Shelby und seine Frau verstanden auf der Stelle. Er rief: »Dann hat sie etwas geahnt und sich davongemacht!«

»Gott sei Dank!«, sagte Mrs Shelby. »Ich hoffe, dass sie es getan hat.«

»Wie kannst du das sagen, Frau? Das wäre äußerst unangenehm für mich. Haley sah, dass ich zögerte das Kind zu verkaufen, und wird glauben, dass ich sie extra habe entwischen lassen. Das berührt meine Ehre.« Mr Shelby verließ eiligst das Zimmer.

Eine Viertelstunde lang gab es viel Gerenne und Gerufe, wurde viel gelaufen und gerufen, Türen wurden geöffnet und geschlossen, Köpfe in allen Farbschattierungen zeigten sich an allen Orten des Hauses. Nur eine Person, die Licht in die Sache hätte bringen können, schwieg völlig, und das war die Oberköchin, Tante Chloe. Stumm, eine trübe Wolke auf ihrem einst heiteren Gesicht, bereitete sie das Frühstück, als ginge die ganze Aufregung ringsum sie nichts an.

Bald saß ein Dutzend Negerknaben wie die Krähen auf dem Verandageländer; jeder wollte der Erste sein, der den fremden Master von seinem Pech in Kenntnis setzte. »Wie er fluchen wird!«, rief Andy.

Als Haley endlich gestiefelt und gespornt erschien, wurde er von allen Seiten mit der schlimmen Nachricht überfallen. Wie erwartet fluchte er, und zwar derartig ausdauernd und laut, dass die Jungen aufs Äußerste entzückt waren, während sie sich gleichzeitig duckten und bald rechts, bald links auswichen, um nicht in Reichweite seiner Reitpeitsche zu gelangen. Dann wälzten sie sich kichernd auf dem welken Rasen unter der Veranda.

»Hören Sie, Shelby, das ist eine merkwürdige Geschichte«, brummte Haley, als er unangemeldet ins Zimmer trat, »es scheint, dass sich das Mädchen mit ihrem Kleinen fortgemacht hat.«

»Andy, nimm Mr Haley den Hut und die Reitpeitsche

ab!«, befahl Mr Shelby und wandte sich dann an den Eindringling: »Setzen Sie sich, Sir! – Ja, zu meinem Bedauern hat sie etwas von der Sache erfahren und sich in der Nacht mit ihrem Kinde entfernt.«

»Ich habe ein ehrliches Spiel erwartet, Sir«, sagte Haley.

»Was bitte, Sir«, entgegnete Mr Shelby, indem er sich scharf gegen ihn umwandte, »soll ich unter dieser Bemerkung verstehen? Wenn jemand meine Ehre in Zweifel zieht, habe ich für ihn nur eine einzige Antwort. Wenn ich nicht wüsste, Sir, dass Sie Grund zum Unmut hätten, würde ich Ihre Unhöflichkeit nicht dulden. So aber fühle ich mich verpflichtet Ihnen jeden möglichen Beistand zu leisten und Ihnen Pferde und Diener zur Verfügung zu stellen, um Ihr Eigentum wieder zu beschaffen. Kurz, Haley, es wird für Sie das Beste sein, Ihre gute Laune zu bewahren und bei uns zu frühstücken; dann wollen wir sehen, was sich weiter tun lässt.« –

Der Sturz eines Premierministers kann kein größeres Aufsehen erregen als der Bericht von Onkel Toms Schicksal unter seinen Dienstgenossen. Die Neuigkeit war in aller Munde und Elizas Flucht tat das Ihrige dazu, die allgemeine Aufregung zu erhöhen.

Der schwarze Sam, wie er gewöhnlich genannt wurde, weil er noch um einiges schwärzer war als irgendein anderer Neger auf dem Gute, sagte, während er seine Hose anzog und geschickt einen langen Nagel an die Stelle eines fehlenden Knopfes einsetzte: »So viel ist gewiss, jetzt ist Tom unten. Jetzt ist Platz für einen andern Neger, um nach oben zu kommen – und warum nicht ich! Tom ist mit geputzten Stiefeln im Lande umhergeritten wie ein großer Herr. Ich möchte wissen, warum nicht auch Sam?«

»Hallo, Sam – der Master ruft! Du sollst Bill und Jerry einfangen und satteln!«, schrie Andy.

»Was ist denn passiert, Junge?«

»Lizzy hat sich mit ihrem Jungen aus dem Staub gemacht und der Master will, dass wir beide mit Mr Haley reiten, um Lizzy zu fangen.«

»Gut«, sagte Sam, »jetzt ruft man Sam. Ich werd sie schon kriegen. Der Master soll sehen, was Sam kann.«

»Überleg dir das lieber zweimal, Sam«, versetzte Andy, »die Missis will nicht, dass man sie erwischt, und sie wird dir ganz schön in die Wolle gehen.«

»Was?«, rief Sam, indem er die Augen weit aufriss. »Woher weißt du das?«

»Ich hab sie heute Morgen selbst ›Gott sei Dank!‹ sagen hören, als sie erfuhr, dass Lizzy weg war. Der Master war wütend, aber sie wird ihn schon noch umstimmen. Ich weiß genau, wie es kommen wird. Es ist immer am besten, man steht auf der Seite der Missis; das kann ich dir sagen.« Der schwarze Sam kratzte seinen Wollkopf, in dem sich zwar nicht übermäßig viel Verstand, aber doch eine wichtige Eigenschaft verbarg, nämlich die zu wissen, auf welcher Seite des Brotes die Butter ist. Dann meinte er nachdenklich: »Ich hätte gedacht, dass die Missis die ganze Welt durchsuchen würde, um Lizzy zu finden.«

»Das würde sie auch«, antwortete Andy, »aber hast du

denn keine Augen im Kopf, du schwarzer Neger? Die
Missis will nicht, dass Master Haley Lizzys Jungen be-
kommt. So ist das. Und ich will dir noch mehr sagen: Du
solltest dich jetzt schleunigst nach den Pferden umsehen.
Ich hab die Missis nämlich nach dir fragen hören. Du hast
hier lange genug gefaulenzt.«

Jetzt begann Sam sich endlich zu rühren und nach kurzer
Zeit erschien er im Galopp mit Bill und Jerry vor dem
Herrenhaus, wo er sie an den dafür vorgesehenen Pfählen
festband. Hier stand auch schon Mr Haleys Pferd, ein
feuriges, junges Tier, das unruhig ausschlug und an seinem
Halfter zerrte. »Hoho«, meinte Sam, »bist du schreck-
haft?« Aber sein schwarzes Gesicht nahm einen schaden-
frohen Ausdruck an, während er murmelte: »Ich werd dich
schon beruhigen.«

Vor dem Hause stand eine große Buche und die scharfkan-
tigen, dreieckigen Bucheckern bedeckten den ganzen Boden. Mit einer von diesen in den Fingern näherte sich Sam
dem Pferde, streichelte es und schien es beschwichtigen zu
wollen. Er tat so, als wollte er den Sattel in Ordnung
bringen, und ließ dabei die Buchecker geschickt darunter
gleiten, sodass der geringste Druck auf den Sattel das
empfindliche Tier unruhig machen musste, ohne eine be-
merkbare Spur zu hinterlassen.

»Da!«, sagte er und ließ die Augen mit selbstgefälligem
Grinsen im Kopfe rollen. »Jetzt bist du fertig.«

In diesem Augenblick erschien Mrs Shelby auf dem Balkon, winkte Sam herbei und fragte: »Weshalb hast du so

lange getrödelt? Ich habe Andy ausrichten lassen, du solltest dich beeilen.«

»Gott bewahre, Missis«, antwortete Sam, »man kann die Pferde nicht in einer Minute fangen. Sie waren auf der Südweide, weit vom Hause.«

»Sam, wie oft muss ich dir verbieten zu sagen: ›Gott bewahre!‹ und ›Gott weiß!‹ – Das ist eine Sünde.«

»Oh Gott bewahre! Ich hatte es vergessen, Missis. Ich will es nicht wieder sagen.«

»Ei, Sam, du hast es eben schon wieder gesagt.«

»Wirklich? Oh Gott! Ich meine – ich hab's nicht absichtlich gesagt.«

»Du musst aufpassen, Sam.«

»Lassen Sie mich nur zu Atem kommen, Missis. Dann will ich ganz genau aufpassen.«

»Sam, du sollst mit Mr Haley reiten, um ihm den Weg zu zeigen und ihm Beistand zu leisten; sei vorsichtig mit den Pferden, Sam, du weißt, dass Jerry vergangene Woche etwas lahm war. Reite nicht zu schnell!« – Die letzten Worte sprach Mrs Shelby leise und mit großem Nachdruck.

»Überlassen Sie das nur mir, Missis!«, entgegnete Sam mit verständnisvollem Augenzwinkern. »Weiß Gott! – Oh! – Das hab ich nicht gesagt!«, rief er, plötzlich den Atem anhaltend, mit einem komischen Ausdruck von Betrübnis, der seine Herrin zum Lachen brachte. »Ja, Missis, ich werde auf die Pferde aufpassen.«

»Pass auf, Andy!«, sagte Sam, nachdem er unter die Buche zurückgekehrt war. »Ich würde mich gar nicht wundern, wenn der Gaul des fremden Masters ausschlüge, sobald es ans Aufsitzen geht. Du weißt, Andy, Pferde tun das mitunter.« Bei diesen Worten stieß er Andy, der verständnisvoll grinste, in die Seite. Dann fuhr er fort: »Wenn es sich dann zutragen sollte, dass Master Haleys Pferd unruhig würde und sich nicht halten ließe, müssen wir ihm helfen und wir *werden* ihm helfen – jawohl! Und in der Zeit können wir natürlich nicht nach unseren Pferden sehen.« Sam und Andy brachen in anhaltendes Lachen aus. Jetzt erschien Haley auf der Veranda. Durch einige Tassen sehr guten Kaffees besänftigt, kam er in leidlicher Laune heraus. Sam und Andy eilten diensteifrig zu den Pferden, ›um dem Master zu helfen‹.

»Nun, Burschen«, rief Haley, »beeilt euch, wir haben keine Zeit zu verlieren!«

»Ist schon recht, Master«, antwortete Sam, gab Haley den Zügel in die Hand und hielt ihm die Steigbügel.

In dem Augenblicke, als Haley den Sattel berührte, sprang sein feuriges Tier mit einem plötzlichen Satz in die Höhe und warf seinen Herrn kopfüber auf den Rasen. Sam griff mit einem entsetzten Aufschrei nach den Zügeln, streifte dabei aber mit seiner Hutkrempe die Augen des Pferdes, was dieses nicht gerade ruhiger machte. Es riss Sam zu Boden, schnaubte verächtlich, und hinten und vorn ausschlagend, galoppierte es zum unteren Ende des Rasens, wohin ihm Bill und Jerry folgten, die Andy vereinbarungsgemäß losgelassen hatte. Eine heillose Verwirrung war die Folge. Sam und Andy liefen und schrien, Hunde bellten

und alle Negerjungen und -mädchen des Gutes rannten herbei, klatschten in die Hände und schrien und keuchten voller Diensteifer und mit unermüdlichem Fleiß.
Haleys Pferd schien an der Sache großes Behagen zu finden und sich, da es einen Rasenplatz von beinahe einer halben Meile Länge zum Rennplatz hatte, ein Vergnügen daraus zu machen, seine Verfolger so nahe wie möglich herankommen zu lassen und dann, wenn es fast im Bereich ihrer Hände war, mit einem Seitensprung und lautem Wiehern in den angrenzenden Wald davonzujagen. Nichts lag Sam ferner als eines der Pferde zu früh fangen zu lassen und er stellte sich dabei wirklich äußerst geschickt an. Wenn eines der Pferde irgendwo war, wo nun wirklich nicht die geringste Gefahr bestand, dass man es einfangen könnte, lief er dorthin und schrie und rief: »Jetzt haben wir's. Haltet es! Haltet es!« Dann geriet augenblicklich wieder alles in schönste Verwirrung.

Haley lief auf und ab, fluchte und stampfte mit den Füßen. Mr Shelby schrie vergeblich vom Balkon Befehle herab und Mrs Shelby, die am Fenster ihres Zimmers stand, lachte, leise ahnend, worin der Grund für dieses Durcheinander zu suchen war.

Endlich, gegen zwölf Uhr, kam Sam im Triumph, auf Jerry sitzend, wieder zum Vorschein. An seiner Seite befand sich Haleys Pferd, das von Schweiß triefte, dessen blitzende Augen und weit offene Nüstern jedoch bewiesen, dass sein Freiheitsdrang noch ungezähmt war.

»Es ist gefangen!«, rief Sam jubelnd. »Ohne mich hätten sich alle die Seele aus dem Leibe laufen können; aber ich hab's gefangen!«

»Du?«, knurrte Haley. »Ohne dich wäre das nie passiert.«

»Gott sei uns gnädig, Master«, antwortete Sam im Ton tiefster Betroffenheit, »und dabei bin ich gerannt, dass mir der Schweiß den Rücken hinabläuft.«

»Schon gut«, versetzte Haley, »durch deinen verfluchten Unsinn habe ich beinahe drei Stunden verloren; jetzt wollen wir uns aber auf den Weg machen und keine Spielchen mehr!«

»Aber Master«, erwiderte Sam demütig, »Sie wollen uns und die Pferde wohl umbringen? Wir sind alle zum Umfallen erschöpft und die Tiere triefen von Schweiß. Der Master kann ja wohl nicht daran denken, vor dem Mittagessen aufzubrechen. Masters Pferd muss geputzt werden; sehen Sie nur, wie es sich bespritzt hat. Und Jerry hinkt. Denken Sie nicht, dass die Missis uns so fortlassen würde.

Gott bewahre, Master! Die Zeit holen wir leicht wieder ein. Lizzy war nie besonders gut zu Fuß.«

Mrs Shelby, die von der Veranda aus das Gespräch gehört hatte, beschloss nun ihre Rolle in dem Stück zu übernehmen. Sie trat hervor, sprach höflich ihr Bedauern über Haleys Unfall aus, drang in ihn zum Mittagessen dazubleiben und sagte, die Köchin solle es sofort auf den Tisch bringen. Da die Sache kaum zu ändern war, machte Haley gute Miene zum bösen Spiel und begab sich ins Esszimmer, während Sam hinter seinem Rücken unbeschreiblich mit den Augen rollte und die Pferde in den Stall brachte.

Elizas Flucht

Kein menschliches Wesen kann einsamer und verlorener sein als Eliza, wie sie da ihre Schritte von Onkel Toms Hütte hinweglenkte. Sie entfernte sich vom einzigen Heim, das sie je gekannt hatte, von der Frau, die sie liebte und verehrte. Aber die Liebe zu ihrem Kind war stärker. Der Knabe war alt genug, um allein zu gehen. Aber schon der Gedanke daran, ihn aus den Armen zu lassen, ließ sie schaudern und sie presste ihn umso fester an ihre Brust, während der gefrorene Boden unter ihren Füßen knarrte. Jedes aufgewirbelte Blatt, jeder Schatten, der sich bewegte, erschreckte sie und trieb sie an. Ihre bleichen Lippen murmelten fortwährend: »Hilf mir, Herr, rette mich!«

Schritt für Schritt ließ sie die Umgebung, die ihr vertraut war, hinter sich. Als der Morgenhimmel sich rötete, war sie meilenweit entfernt vom Gut auf der Landstraße. Sie hatte ihre Herrin oft bei Verwandtenbesuchen in ein Dorf in der Nähe des Ohioflusses begleitet und kannte den Weg. Dorthin wollte sie gehen und dann über den Ohio fliehen. Alles Weitere stand in Gottes Hand.

Als sich Pferde und Wagen auf der Landstraße zu zeigen

begannen, fürchtete sie ihre übereilten Schritte und ihre verstörte Miene könnten Verdacht erregen. Sie setzte den Knaben daher ab, brachte ihr Kleid und ihren Hut in Ordnung und entnahm ihrem Bündelchen einen Apfel. Diesen ließ sie immer wieder vorausrollen und der Knabe lief danach, sodass sie schneller vorankamen.

Nach einiger Zeit kamen sie in eine bewaldete Gegend, durch die ein klarer Bach rieselte. Da Harry über Hunger und Durst klagte, kletterte sie mit ihm über einen Zaun, setzte sich hinter einen großen Felsen, wo man sie von der Straße aus nicht sehen konnte, und gab ihm aus ihrem Päckchen ein Frühstück, und als er seine Arme um ihren Hals schlang und ihr ein Stück seines Kuchens in den Mund zu schieben suchte, sagte sie: »Nein, nein, liebster Harry, die Mutter kann nicht essen, bis du in Sicherheit bist! Wir müssen weiter, immer weiter, bis wir an den Fluss kommen.« Und sie eilte wieder auf die Straße und zwang sich abermals ruhig vorwärts zu gehen.

An dieser Stelle sollten wir erwähnen, dass Eliza eine fast weiße Hautfarbe hatte, da sie die Tochter einer Mulattin und eines weißen Mannes war. Nur wer sehr genau hinsah, konnte an ihren und Harrys Gesichtszügen ihre Abstammung erkennen.

So wagte sie es auch, um die Mittagszeit vor einem hübschen Farmhause anzuhalten, um auszuruhen und etwas zum Mittagessen für ihr Kind und sich zu kaufen. Die freundliche Bäuerin schien Vergnügen daran zu finden, mit ihr zu plaudern, und glaubte ohne weitere Nachfrage Elizas Angabe, »dass sie eine Woche bei Freunden verleben wolle«.

Eine Stunde vor Sonnenuntergang gelangte sie müde und mit wunden Füßen, aber immer noch mutigen Herzens in das besagte Dorf am Ohio. Ihr erster Blick war auf den Fluss gerichtet, der die Grenze zwischen Kentucky und Ohio bildete und somit zwischen ihr und der Freiheit lag. Der Frühling hatte begonnen, der Fluss war angeschwollen, große Eisschollen trieben schwerfällig talwärts oder stauten sich und bildeten ein bewegliches, den Fluss füllendes Floß, das sich bis hart an das jenseitige Ufer erstreckte, während am Kentuckyufer hohe Wellen dahinschossen. Das übliche Fährboot, das erkannte Eliza sofort, konnte bei diesem ungünstigen Stand der Dinge sicher nicht übersetzen. Sie begab sich daher in ein kleines Wirtshaus und fragte die gerade mit der Abendmahlzeit beschäftigte Wirtin: »Gibt es irgendeine Fähre oder ein anderes Boot über den Fluss?«

»Nein, die Boote fahren nicht mehr«, antwortete die Frau und fügte, da sie Elizas verstörte Miene bemerkte, teilnahmsvoll hinzu: »Ihr möchtet hinüber? Ist jemand krank? Ihr scheint sehr besorgt zu sein?«

»Ich habe ein Kind, das in großer Gefahr schwebt«, antwortete Eliza, »wir sind heute einen weiten Weg gegangen, weil ich hoffte die Fähre zu erreichen.«

»Das ist Pech«, meinte die Frau, deren mütterliche Teilnahme geweckt war, »Ihr tut mir wirklich Leid. – Salomo!«, rief sie aus dem Fenster und ein Mann in einer Lederschürze zeigte sich an der Tür eines kleinen Hintergebäudes. »Höre, Salomo«, fragte sie, »wird der Mann die Fässer noch heute Abend hinüberschaffen?«

»Er hat gesagt, er will es versuchen, wenn er kann.«

»Ein Stück weiter flussabwärts ist ein Mann, der heute Abend noch hinüberwill; er wird zum Abendessen herkommen«, sagte die Frau und fügte, während sie Harry einen Kuchen anbot, hinzu: »Das ist ein süßer Bursche.« Das erschöpfte Kind begann jedoch vor Müdigkeit zu weinen.

»Der arme Junge, er ist das Laufen nicht gewohnt und ich habe ihn so drängen müssen«, sagte Eliza.

»Bringt ihn in dieses Zimmer hier«, versetzte die Wirtin, indem sie die Tür zu einem kleinen Schlafzimmer mit einem bequemen Bett öffnete. Eliza legte den müden Knaben hin und hielt seine Hände in den ihren, bis er fest eingeschlafen war. Für sie gab es keine Ruhe. Der Gedanke an die Verfolger trieb sie vorwärts und sie blickte sehnsüchtig auf die trübe, reißende Flut, die zwischen ihr und der Freiheit lag.

Obgleich Mrs Shelby versprochen hatte, dass das Mittagessen in aller Eile auf den Tisch kommen sollte, zeigte sich bald, dass nicht alle im Haus sich an diese Zusage gebunden fühlten. Zwar war der in Haleys Gegenwart gegebene Befehl durch ein Dutzend jugendlicher Boten an Tante Chloe überbracht worden, doch ließ diese nur einige unwillige Laute vernehmen und waltete ihres Amtes ganz ungewöhnlich lässig.

Unter der Dienerschaft herrschte überdies die Ansicht, die Missis würde über eine Verzögerung nicht ernstlich erzürnt sein, und es war wunderbar, welche Menge von Unfällen sich ereignete, um die Mahlzeit in die Länge zu ziehen. Ein Schlingel ließ die Schüssel mit der Bratenbrühe fallen und es musste mit gehöriger Sorgfalt neue bereitet werden. Der eine stürzte mit dem Wasser und musste an den Brunnen gehen, um frisches zu holen; ein anderer warf die Butter hin und von Zeit zu Zeit wurde kichernd die Nachricht in die Küche gebracht, dass es Mr Haley nicht mehr auf seinem Stuhl halte, sondern er unruhig umhergehe und an die Fenster trete.

»Geschieht ihm recht«, sagte Tante Chloe entrüstet, »es wird ihm noch einmal schlimmer gehen, wenn der Herr ihn holt. Wollen sehen, was er dann für ein Gesicht macht.«

»Er kommt sicherlich in die Hölle«, sagte der kleine Jake.
»Er verdient es«, fügte Tante Chloe grimmig hinzu.
Nach dem Essen wurde Onkel Tom in das Gesellschaftszimmer gerufen.
»Tom«, sagte Mr Shelby gütig, »ich habe mich diesem Herrn gegenüber mit tausend Dollar dafür verbürgt, dass du zur Stelle bist, wenn er das verlangt. Er wird sich heute um sein anderes Geschäft kümmern und du kannst heute tun, was du magst.«
»Danke, Master«, sagte Tom.
»Und pass auf«, sagte der Händler, »und komm deinem Herrn nicht etwa mit einem von deinen Niggerstreichen; denn ich werde ihm das Geld bis auf den letzten Cent abnehmen, wenn du nicht da bist. Wenn es nach mir ginge, würde er keinem von euch trauen. Ihr seid schlüpfrig wie Aale.«
»Master«, sagte Tom und richtete sich hoch auf, »ich war acht Jahre alt, als die alte Missis Sie als Baby in meine Arme

legte. Damals sagte sie: ›Tom, das wird dein junger Master sein, hab gut Acht auf ihn.‹ Das sagte sie. Und jetzt frag ich Sie nur, Master, ob ich jemals mein Wort gegen Sie gebrochen oder Ihnen Ungehorsam bewiesen habe, besonders seitdem ich getauft bin?«

Mr Shelby war tief gerührt und Tränen traten ihm in die Augen. »Mein guter Bursche«, sagte er, »Gott weiß, dass du die Wahrheit sagst, und wenn ich es ändern könnte, ich würde dich um nichts in der Welt verkaufen!«

»Und ich verspreche«, fügte Mrs Shelby hinzu, »wir werden dich zurückkaufen, sobald wir die Mittel dazu haben. Sir«, wandte sie sich an Haley, »schreiben Sie mir, an wen Sie ihn verkaufen!«

»Selbstverständlich«, antwortete der Händler, »ich verkaufe ihn gern zurück. Mir ist es egal, ob ich ein Geschäft flussaufwärts oder flussabwärts mache, wenn es nur ein gutes Geschäft ist.«

Um zwei Uhr führten Sam und Andy die Pferde vor.

»Euer Herr hält wohl keine Hunde?«, fragte Haley nachdenklich, als er sich zum Aufsitzen anschickte.

»Eine ganze Menge«, erwiderte Sam, »sehen Sie dort den alten Bruno, das ist ein Kerl, und außerdem hält noch ziemlich jeder Neger unter uns irgendeinen Kläffer.«

»Aber euer Herr hält keine Hunde, um Neger aufzuspüren?«

Sam wusste recht gut, was Haley meinte, aber er stellte sich auch weiterhin dumm und antwortete: »Alle unsere Hunde sind prima Spürhunde, auch wenn sie nicht viel Übung darin haben. Hierher, Bruno!« Und er pfiff dem schwerfälligen Neufundländer, der daraufhin stürmisch auf sie zusprang.

»Unsinn!«, brummte Haley, indem er aufstieg. »Beeile dich, dass du aufs Pferd kommst.« Sam sprang auf und kitzelte dabei Andy unbemerkt so, dass dieser in lautes Lachen ausbrach. Haley war darüber höchst entrüstet und hieb mit der Reitpeitsche nach ihm.

»Ich bin erstaunt über dich, Andy«, sagte Sam mit großem Nachdruck, »dies ist eine ernste Angelegenheit; du darfst dich darüber nicht lustig machen. So hilfst du dem Master nicht.«

»Ich werde geradewegs zum Fluss reiten«, sagte Haley entschieden, als sie die Grenze des Gutes erreicht hatten, »alle flüchtigen Sklaven versuchen auf diese Weise zu entkommen.«

»Bestimmt«, pflichtete Sam ihm bei, »Mr Haley hat den Nagel auf den Kopf getroffen. Nun gibt es zwei Wege zum Fluss: den Fußweg und die Landstraße. Welchen will der Master einschlagen? Ich schätze, dass Lizzy den Fußweg genommen hat, weil er weniger belebt ist.«

Obwohl Haley den beiden misstraute, schien ihm das einleuchtend, aber dann fuhr Sam fort: »Aber, wenn ich es mir recht überlege, wir sollten dort nicht entlangreiten. Ich kenne den Weg nicht, er ist einsam und schlammig und wir könnten uns verirren.«

»Trotzdem, ich werde jenen Weg nehmen«, entgegnete Haley.

»Jetzt, da ich daran denke, fällt mir ein, dass ich gehört habe, der Weg ist unten am Bach versperrt; nicht wahr, Andy?« Andy wusste aber nichts Genaues, denn er hatte von dem Weg nur gehört, ihn aber nie genommen.

Inzwischen war Haley überzeugt, dass die beiden ihn nur von diesem Weg abhalten wollten. Als Sam daher zeigte, wo der Fußweg abzweigte, zögerte er nicht ihn einzuschlagen. Es war in der Tat ein alter Weg, der früher an den Fluss geführt hatte, der aber nach Anlegung der neuen Landstraße schon seit Jahren nicht mehr benutzt wurde. Man konnte etwa eine Stunde lang ohne Hindernisse auf ihm reiten, aber dann war er durch Felder und Zäune versperrt. Sam wusste dies sehr wohl, ritt aber mit unschuldiger Miene mit und beklagte sich nur zuweilen, dass der Weg so verdammt schlecht für Ross und Reiter sei.

»Hör zu«, sagte Haley, »ich kenne dich, du wirst mich mit all deinem Stöhnen nicht von diesem Wege abbringen; also halt den Mund!«

»Wie der Master will«, antwortete Sam unterwürfig, blinzelte aber zu gleicher Zeit Andy zu, der vor Lachen beinahe platzte.

Nachdem sie eine Stunde geritten waren, kamen sie plötzlich auf einen Scheunenhof, der zu einem bedeutenden Gute gehörte. Man sah keine Seele, weil sämtliche Arbeiter auf dem Felde beschäftigt waren; da aber die Scheune den Weg völlig versperrte, gab es kein Weiterkommen.

»Ist's nicht gerade so, wie ich's dem Master gesagt habe?«,

sagte Sam mit der Miene beleidigter Unschuld. »Wie können auch fremde Herren glauben eine Gegend besser zu kennen als diejenigen, die darin aufgewachsen sind.«

»Schurke, das hast du genau gewusst«, schimpfte Haley.

»Ja sicher, Master, und ich hab's Ihnen auch gesagt, aber Sie wollten es ja nicht glauben. Andy hat es gehört.« Das war nicht zu bestreiten; Haley musste seinen Zorn, so gut er konnte, hinunterschlucken und alle drei schwenkten jetzt rechts ab in Richtung auf die Landstraße.

Endlich langten die drei Verfolger bei dem Dorfwirtshaus an, ungefähr eine Dreiviertelstunde nachdem Eliza ihr Kind schlafen gelegt hatte. Sie stand am Fenster und blickte nach der anderen Seite, als Sams scharfes Auge sie gewahrte. Haley und Andy ritten zwei Schritte hinter ihm. Da richtete Sam es so ein, dass ihm der Wind den Hut vom Kopfe wehte. Er stieß einen lauten Ruf aus, der Eliza sofort aufmerksam machte; sie zog sich schnell zurück und die Reiter begaben sich an dem Fenster vorbei zur Vordertür. Ihr Kind auf dem Arm , entkam Eliza durch eine Seitentür und sprang die zum Flusse hinabführende Treppe hinunter. Der Sklavenhändler erblickte sie, als sie eben hinter der Uferböschung verschwand, warf sich vom Pferde, rief Sam und Andy laut zu ihm zu folgen und war sogleich hinter ihr her wie ein Hund hinter seiner Beute.

Da sprang Eliza, die Verfolger dicht hinter sich, von einer Kraft beseelt, wie sie Gott nur den Verzweifelten verleiht, über die trübe Strömung am Ufer bis auf die nächste Eisscholle. Es war ein ungeheurer Satz, zu dem nur die

schiere Verzweiflung treiben konnte. Haley, Sam und Andy stießen einen Schrei aus und erhoben die Hände. Die große grüne Eismasse, auf der Eliza landete, schwankte und knarrte; aber sie hielt keinen Augenblick inne, sondern sprang auf eine andere und wieder auf eine andere Scholle. Strauchelnd – springend – ausgleitend – wieder emporschnellend – weiter, nur immer weiter! Sie hatte einen ihrer Schuhe verloren, die Strümpfe sind ihr von den Füßen gerissen, Blut bezeichnete jeden Schritt; aber sie sah nichts, fühlte nichts, bis sie endlich undeutlich wie in einem

Traum das andere Flussufer erreichte und ein Mann ihr an Land half. »Du hast Mut, Mädchen, wer du auch bist«, sagte er.

Eliza erkannte den Mann an der Stimme und am Gesicht. Er besaß eine Farm in der Nähe der Shelbys. »Oh, Mr Symmes, retten Sie mich bitte, bitte, verstecken Sie mich!«, rief sie.

»Nanu«, sagte der Mann. »Wenn das nicht Shelbys Mädchen ist.«

»Mein Kind! – dieser Knabe; er hat ihn verkauft. Dort ist sein Master«, sagte sie und deutete auf das andere Flussufer nach Kentucky hinüber. »Oh, Mr Symmes, Sie haben selbst einen kleinen Jungen.«

»Den habe ich«, versetzte der Mann, als er ihr freundlich das steile Ufer hinaufhalf. »Und du bist ein tapferes Mädchen und Mut imponiert mir immer.« Als sie die Höhe des Ufers erreicht hatten, sprach er: »Ich würde gern etwas für dich tun; aber ich weiß nicht, wohin ich dich bringen könnte; am besten gehst du dorthin!« Dabei deutete er auf ein großes, weißes Haus, das etwas abseits von der Hauptstraße des Dorfes stand. »Die Leute sind gut und kennen sich aus mit der Art von Gefahr, in der du dich befindest. Sie werden dir helfen.«

»Gott segne Sie!«, sagte Eliza dankbar.

»Es ist gern geschehen. Viel konnte ich ja nicht tun«, sagte Mr Symmes.

»Oh, Sir, Sie werden es aber doch niemand sagen?«

»Mädchen, wofür hältst du mich? Natürlich nicht!«, entgegnete Mr Symmes. »Komm, mach dich auf den Weg. Du hast deine Freiheit verdient und ich gönne sie dir.«

Eliza drückte ihr Kind an sich und entfernte sich mit schnellen Schritten. Mr Symmes blickte ihr nach und dachte: »Shelby wird dies vielleicht nicht gerade für gut nachbarschaftlich gehandelt halten. Aber was soll's? Wenn eines meiner Mädchen sich in solcher Not befindet, darf er mir's gerne heimzahlen.«

Haley hatte starr vor Erstaunen zugesehen, wie Eliza vor seinen Augen über das Eis sprang, und blickte ihr schweigend nach, bis sie hinter der gegenüberliegenden Uferböschung verschwand; dann wandte er sich mit verblüffter Miene zu Sam und Andy um.

»Nicht schlecht, Master«, sagte Sam.

»Das Mädchen hat sieben Teufel im Leib. Sie ist gesprungen wie eine Wildkatze!«, rief Haley.

»Nun«, meinte Sam und kratzte sich den Kopf, »ich hoffe, der Master verlangt nicht, dass wir den Weg auch versuchen; ich glaube nicht, dass ich dazu gelenkig genug wäre.« Und Sam ließ ein dumpfes Kichern vernehmen.

»Du lachst?«, knurrte der Händler drohend, was Sams und Andys Heiterkeit noch verstärkte. »Das Lachen wird euch gleich vergehen«, schrie Mr Haley wütend und schlug ihnen mit der Reitpeitsche über die Köpfe. Beide duckten sich, liefen schreiend das Ufer hinauf und saßen auf ihren Pferden, bevor er oben war.

»Guten Abend, Master«, sagte Sam, »ich fürchte, dass die

Missis um Jerry besorgt sein wird; Master Haley braucht uns nicht weiter. Die Missis würde nicht erlauben, dass wir heute Abend mit den Tieren über Lizzys Brücke ritten.« Und er machte sich auf den Weg, wobei er Andy scherzhaft in die Rippen stieß. Jener galoppierte ihm nach und ihr Gelächter verklang allmählich im Winde.

Haley sah, dass an eine Fortsetzung der Verfolgung in der hereinbrechenden Nacht und angesichts des Eises auf dem Fluss nicht zu denken war, und wandte sich missmutig dem Wirtshaus zu. Dort traf er zwei alte Freunde, die weithin berüchtigten Sklavenjäger Loker und Marks, denen er fluchend sein Unglück klagte, wobei der Brandy in Strömen floss und sich zahlreiche Zigarren in Rauch auflösten. Als Loker und Marks hörten, dass die Mutter des

Knaben, der Haleys Besitz war, hübsch, weiß und gebildet war, war ihr Interesse geweckt, witterten sie doch ein gutes Geschäft. Das hinderte sie nicht daran, von Haley eine Fangprämie von fünfzig Dollar für den Jungen zu kassieren. Er bezahlte mit sichtlichem Widerstreben. Dann trennte sich das ehrenwerte Trio, um zu Bett zu gehen.

Unterdessen waren Sam und Andy beim Hause der Shelbys angekommen und schilderten in vielen Einzelheiten, wie sie Herrn Haleys Verfolgung verlangsamt hatten. Staunend hörte man von Elizas mutiger Flucht über das Eis von Kentucky nach Ohio und ihrer wunderbaren Rettung. Und obwohl Mr Shelby Sam für sein Verhalten Mr Haley gegenüber tadelte, war leicht zu erkennen, dass er innerlich ebenso zufrieden über die Entwicklung war wie seine Frau, die Gott für die Rettung Elizas und ihres Kindes pries. Auch in Onkel Toms Hütte ließen Sams Erzählungen, in denen die eigene Rolle während der Ereignisse des Tages immer umfangreicher wurde, an diesem Abend die Stimmung noch einmal steigen, ehe Tante Chloe ein Machtwort sprach und alle zu Bett schickte.

Auch ein Senator
ist nur ein Mensch

Der Schein eines munteren Feuers fiel auf den Teppich eines gemütlichen Zimmers und glitzerte auf den Teetassen, als Senator Bird seine Stiefel auszog, um die Füße in ein Paar hübsche Hausschuhe zu stecken, wobei er seufzte: »Das Gesetzemachen ist ein mühseliges Geschäft.«

»Nun«, fragte seine sanfte kleine Frau, »was liegt denn so an im Senat?« Nun war es recht ungewöhnlich, dass die sanfte Mrs Bird sich für Staatsangelegenheiten interessierte, und ihr Gatte blickte daher erstaunt.

»Nichts besonders Wichtiges«, antwortete er.

»Ist es wirklich wahr, dass man ein Gesetz gemacht hat, das den Leuten verbietet armen Farbigen, die vorüberkommen, Speise und Trank zu geben?«

»Allerdings ist ein Gesetz durchgegangen, das es verbietet, den von Kentucky herüberkommenden Sklaven weiterzuhelfen.«

»Es untersagt uns doch nicht, diesen armen Geschöpfen ein Nachtlager zu geben, ihnen etwas zu essen vorzusetzen und ihnen ein paar alte Kleider zu schenken?«

»Doch, genau das.«

»Ihr solltet euch schämen, John, solche Gesetze zu machen. Hast du etwa dafür gestimmt? Die armen schutzlosen Geschöpfe! Es ist ein gottloses Gesetz und ich zumindest werde es brechen, sobald sich Gelegenheit dazu findet. Es ist weit gekommen, wenn eine Frau einem armen, hungernden Geschöpf nicht einmal ein warmes Abendessen und ein Bett geben darf, bloß weil es sich um Sklaven handelt, die ihr Leben lang misshandelt wurden.«

»Deine Gefühle sind edel und gut, Mary, und ich liebe dich deshalb, aber bei alledem, liebes Kind, dürfen wir unser Gefühl nicht mit unserm Verstande durchgehen lassen. Du musst bedenken, dass es sich um öffentliche Interessen handelt.«

»Nun, John, ich verstehe nichts von Politik; aber ich kann meine Bibel lesen und darin steht, dass ich Hungrige speisen, Nackte kleiden und Betrübte trösten soll, und ich denke der Bibel zu folgen.«

»Aber in Fällen, wo man damit der Gesamtheit Schaden zufügt?«

»Der Gehorsam gegen Gott bringt nie Schaden; es ist stets für alle am besten, wenn man tut, was er uns befiehlt. John, würdest du einen frierenden, hungrigen Menschen von der Tür weisen, weil er ein entlaufener Sklave ist; würdest du das tun?«

Unser Senator war, wie seine Frau wohl wusste, ein besonders warmherziger Mann und das Fortweisen eines Menschen, der sich in Not befand, war nie seine starke Seite

gewesen. Er sagte also statt zu antworten nur: »Hm!«, zog hustend sein Taschentuch und begann seine Brille zu putzen. Mrs Bird aber fuhr fort: »Ich möchte sehen, wie du das fertig bringst. Zum Beispiel eine Frau im Schneesturm von der Tür jagen oder vielleicht sie aufnehmen und dann ins Gefängnis stecken! Nicht wahr, John, das würdest du?«
»Natürlich wäre das eine schmerzliche Pflicht...«, begann Mr Bird.
»Sprich nicht von Pflicht, John! Du weißt, dass es keine Pflicht ist – es kann keine Pflicht sein. Wenn der Nachbar nicht will, dass seine Sklaven weglaufen, soll er sie gut behandeln. Sie laufen nicht weg, wenn sie glücklich sind.«
In diesem Augenblick steckte der alte Cudjo, der schwarze Diener, der im Hause die Rolle eines Mädchens für alles versah, seinen Kopf zur Tür herein und forderte die Missis auf in die Küche zu kommen. Der Senator blickte seiner Frau halb belustigt, halb verdrießlich nach, setzte sich in den Lehnstuhl und begann die Zeitung zu lesen. Es dauerte aber nur einen Moment, bis er in dringlichem Tone in die Küche gerufen wurde.
Der Anblick, der sich ihm hier bot, ließ ihn schaudern. Eine junge schlanke Frau mit zerrissenen, starr gefrorenen Kleidern, mit nur einem Schuh und blutenden Füßen lag ohnmächtig auf zwei Stühlen. Ihre Gesichtszüge ließen erkennen, dass sie der verachteten Rasse angehörte, waren aber von rührender Schönheit. Mrs Bird und die alte Tante Dina, ihre einzige farbige Dienerin, waren bemüht die Fremde wieder zu sich zu bringen, während der alte Cudjo

einen Knaben auf seine Knie genommen hatte, ihm Schuhe und Strümpfe abzog und die kleinen kalten Füße rieb.
»Sie sieht furchtbar aus«, sagte Dina mitleidig. »Die Hitze hat sie ohnmächtig werden lassen. Sie war ziemlich munter, als sie hereinkam und fragte, ob sie sich ein wenig wärmen dürfe. Ich erkundigte mich eben, woher sie käme, da verlor sie das Bewusstsein.«
»Das arme Geschöpf!«, seufzte Mrs Bird, als die Fremde

langsam die großen, dunklen Augen aufschlug und rief:
»Oh mein Harry, haben sie ihn gefasst?«

Bei diesen Worten hüpfte der Knabe von Cudjos Knie, lief
zu ihr und umarmte sie.

»Er ist hier; er ist hier!«, rief sie. »Ach, Madam, bitte,
beschützen Sie uns, lassen Sie ihn nicht fangen!«

»Hier soll Ihnen niemand etwas zu Leide tun, arme Frau«,
erwiderte Mrs Bird ermutigend. »Fürchten Sie nichts!«

»Gott segne Sie!«, schluchzte die Fremde, während der
Knabe, als er seine Mutter weinen sah, auf ihren Schoß zu
klettern suchte. Allmählich wurde die arme Frau ruhiger.
Auf der Bank am Herde bereitete man für sie ein Bett und
nach kurzer Zeit versank sie in tiefen Schlummer, wobei
das Kind, das nicht weniger ermüdet schien, fest in ihren
Armen schlief.

Mr und Mrs Bird waren wortlos ins Wohnzimmer zurückgekehrt; sie nahm ihr Strickzeug auf und er tat, als ob er
die Zeitung läse. »Höre, Frau!«, begann der Senator nach
einer Weile. »Könnte sie nicht eines von deinen Kleidern
tragen, wenn man den Saum ausließe? Sie scheint etwas
größer zu sein als du.«

Auf Mrs Birds Gesicht trat ein kaum erkennbares Lächeln,
als sie antwortete: »Wir werden sehen.«

Wieder eine lange Pause, die abermals von Mr Bird unterbrochen wurde. »Höre, Frau! Den alten Mantel, den du
über mich zu breiten pflegst, wenn ich mein Mittagsschläf-
chen halte, kannst du ihr wohl geben. Sie braucht Kleidung.«

Jetzt schaute Dina herein und meldete, die Fremde sei aufgewacht und wünsche die Missis zu sehen. Mr und Mrs Bird gingen also wieder in die Küche. Die Frau saß auf der Bank am Feuer und blickte verzweifelt in die Glut.

»Haben Sie nach mir verlangt?«, fragte Mrs Bird. »Ich hoffe, dass Sie sich wohler fühlen, arme Frau.« – Ein Seufzer war die einzige Antwort; aber die Fremde schlug die Augen auf und sah Mrs Bird so flehend und hilflos an, dass dieser die Tränen in die Augen traten. »Sie brauchen nichts zu fürchten. Wir sind Freunde, arme Frau. Sagen Sie mir, woher Sie kommen und was Sie wünschen!«

»Ich bin heute Abend von Kentucky gekommen.«

»Wie?«, fragte Mrs Bird.

»Über das Eis«, sagte die Fremde langsam. »Mit Gottes Hilfe bin ich auf dem Eise herübergekommen; denn sie waren dicht hinter mir – und es gab keinen andern Ausweg.«

»Guter Gott, Missis«, rief Cudjo, »das Eis besteht nur aus Schollen, die im Wasser auf und ab schaukeln!«

»Waren Sie eine Sklavin?«, fragte Mr Bird.

»Ja, Sir, ich gehörte einem Manne in Kentucky.«

»War er unfreundlich gegen Sie?«

»Nein, Sir, er war ein guter Herr und die Herrin ist auch stets gut gegen mich gewesen.«

»Was veranlasste Sie dann ein gutes Heim zu verlassen und sich solchen Gefahren auszusetzen?«

Die Fremde blickte schweigend zu Mrs Bird auf, die – wie sie wohl bemerkt hatte – Trauerkleidung trug. »Madam«,

sagte sie plötzlich, »haben Sie jemals ein Kind verloren?«
Die Frage kam unerwartet und riss eine kaum vernarbte
Wunde auf; denn erst vor einem Monat hatte man ein
geliebtes Kind der Familie ins Grab gelegt. Mr Bird wandte
sich um und trat ans Fenster und seine Gattin brach in
Tränen aus, fasste sich aber wieder und sagte: »Warum
fragen Sie das? Ich habe ein Kleines verloren.«

»Dann werden Sie mit mir fühlen«, sagte die Fremde. »Ich
habe zwei verloren, eines nach dem anderen. Mir blieb nur
dieses eine. Ich schlief keine Nacht ohne meinen Harry; er
war alles, was ich hatte, mein Trost und Stolz, und, Madam,
man wollte ihn mir wegnehmen, ihn verkaufen. Ich konnte
es nicht ertragen und entfloh mit ihm in der Nacht. Man
jagte mir nach – der Mann, der ihn gekauft hatte, und Leute
meines Herrn und sie waren dicht hinter mir. Ich sprang
aufs Eis, und wie ich herübergekommen bin, weiß ich
nicht. Das Erste, woran ich mich wieder erinnern kann, ist,
dass mir ein Mann das Ufer hinaufgeholfen hat.«

Mrs Bird hatte das Gesicht in ihrem Taschentuch verborgen und die alte Dina rief, während ihr die Tränen herab-
liefen: »Gott sei uns gnädig!« Der alte Cudjo rieb sich die
Augen mit dem Rockärmel und unser Senator, der als
Politiker natürlich nicht weinen durfte, wendete der Gesellschaft den Rücken, blickte zum Fenster hinaus und
schien geschäftig seine Brillengläser abzuwischen. »Wie
konnten Sie dann sagen, Sie hätten einen guten Herrn
gehabt?«, rief er plötzlich, wobei er einen Kloß in der
Kehle spürte.

»Weil er ein guter Herr war; aber er konnte nicht anders. Er schuldete Geld und ein Mann hielt ihn auf irgendeine Weise, die ich nicht verstehe, in Händen.«

»Haben Sie denn keinen Mann?«, fragte der Senator.

»Ja, aber er gehört einem andern Herrn, der hart gegen ihn ist und ihn selten zu mir kommen lässt und ihm droht ihn nach dem Süden zu verkaufen. Ich werde ihn wohl niemals wieder sehen«, antwortete die Fremde traurig.

»Wohin wollen Sie gehen, arme Frau?«, fragte Mrs Bird.

»Nach Kanada, wenn ich nur wüsste, wo das liegt. Ist es weit bis dorthin?«

»Viel weiter, als Sie denken, armes Kind«, antwortete Mrs Bird, »aber wir wollen sehen, was sich für Sie tun lässt. Höre, Dina, mache ein Bett im Zimmer neben der Küche! Fürchten Sie nichts, arme Frau; setzen Sie Ihr Vertrauen auf Gott, er wird Sie beschützen.«

Mrs Bird und ihr Gatte begaben sich wieder ins Wohnzimmer; sie setzte sich in ihren kleinen Schaukelstuhl vor dem Kamin und schaukelte nachdenklich hin und her. Mr Bird schritt im Zimmer auf und ab und murmelte vor sich hin: »Pah, pah! – Eine verwünschte Geschichte!« Endlich trat er zu seiner Frau und sagte: »Höre, Mary, sie muss noch diese Nacht von hier fort. Der Bursche wird morgen in aller Frühe auf ihrer Fährte sein. Wenn es nur die Frau wäre, die könnte man verstecken, bis alles vorüber ist; aber den Jungen hält keiner still. Sie müssen noch heute fort!«

»Wie soll das gehen? – Wohin?«, fragte Mrs Bird.

»Nun, ich weiß ziemlich genau, wohin«, sagte der Senator

und begann seine Stiefel anzuziehen. »Siehst du, mein alter Freund van Tromp ist von Kentucky herübergekommen und hat alle seine Sklaven freigelassen. Er hat sich bei uns in Ohio sieben Meilen von hier ein Gut mitten im Walde gekauft. Da geht niemand hin, wenn er nicht muss. Dort sind sie sicher genug; das Unangenehme bei der Sache ist nur, dass heute Nacht außer mir niemand mit einem Wagen dahin fahren kann.«

»Warum nicht, John? Unser Cudjo ist ein guter Kutscher.«

»Ja, aber man muss zweimal über den Bach setzen und die zweite Überfahrt ist gefährlich, wenn man sie nicht so genau kennt wie ich. Cudjo muss um Mitternacht die Pferde so leise wie möglich einspannen; ich will die Frau mit ihrem Knaben hinüberbringen, und um die Sache weniger auffällig zu machen, muss Cudjo mich dann noch zur nächsten Poststation bringen, wo ich mich zwischen drei und vier in die Postkutsche nach Columbus setzen kann. Dann kann ich morgen früh in der Hauptstadt wieder meinen Staatsgeschäften nachgehen, obwohl ich mir nach den Ereignissen dieser Nacht wie ein ziemlicher Heuchler vorkommen werde.«

»Dein Herz ist besser als dein Kopf, John«, sagte Mrs Bird. »Hätte ich dich je lieben können, wenn ich dich nicht besser gekannt hätte, als du dich selbst kennst?«

»Ich weiß nicht, wie du darüber denkst, Mary«, sagte der Senator, während er schnell das Zimmer verließ, »aber die ganze Kommode liegt voll von Sachen, die unserm kleinen Henry gehört haben.«

Mrs Bird öffnete das Schlafzimmer, das an das Wohngemach stieß, setzte das Licht auf eine Kommode und schloss eine Schublade auf. Hier lagen kleine Röcke, Schürzchen und Strümpfe, ein Paar kleine Schuhe, ein hölzerner Wagen mit Pferden, ein Kreisel, ein Ball – alles Andenken, die sie unter Tränen zusammengetragen hatte. Sie begann zu weinen und ihre Tränen fielen in die Lade. Dann fasste sie sich und begann hastig die einfachsten und haltbarsten Sachen auszuwählen und ein Bündelchen daraus zu machen. Nun öffnete sie den Kleiderschrank, nahm ein paar einfache Kleider heraus, setzte sich an ihr Arbeitstischchen und begann sie mit Nadel, Schere und Fingerhut in aller Stille für Eliza passend zu machen, wie es ihr Mann vorgeschlagen hatte. Damit war sie noch beschäftigt, als die Wanduhr zwölf schlug und sie das Rasseln von Wagenrädern hörte. »Mary«, sagte ihr Mann, der jetzt mit dem Überrock in der Hand hereintrat, »du musst sie wecken. Wir müssen fort.«

Mrs Bird legte eilig die Sachen, die sie zusammengetragen

hatte, in einen kleinen Koffer, verschloss ihn, bat ihren Gatten ihn auf den Wagen zu schaffen und ging dann, um die Fremde zu rufen. Eliza erschien mit Mantel, Hut und Schal ihrer Wohltäterin bekleidet und mit dem Kind im Arm. Mr Bird ließ sie eilig in den Wagen einsteigen. Mrs Bird folgte ihr und ergriff die Hand, die sich ihr aus der Wagentür entgegenstreckte. Eliza wollte etwas sagen. Ihre Lippen bewegten sich; aber sie brachte keinen Laut hervor; mit einem Blick gen Himmel sank sie auf den Sitz zurück und verbarg das Gesicht in den Händen. – Die Wagentür wurde geschlossen und der Wagen fuhr davon.

Was für eine Situation für einen Senator, der sich die ganze letzte Woche dafür eingesetzt hatte, dass der Staat Ohio ein Gesetz gegen die Unterstützung entlaufener Sklaven verabschiedete. Was es doch für einen Unterschied machte, ob es sich bei den *Entlaufenen* um Buchstaben auf einem Stück Papier oder um verzweifelte Menschen aus Fleisch und Blut handelte.

Spät in der Nacht fuhr die Kutsche, über und über mit Schlamm bedeckt, an der Tür eines großen Farmhauses vor. Es kostete beträchtliche Mühe, die Bewohner zu wecken, endlich aber öffnete der Besitzer, ein großer hagerer Mann in einem flammendroten Flanellhemd. Seine roten, zerzausten Haare und sein struppiger Bart verliehen ihm nicht gerade ein einnehmendes Aussehen. Etwas verwirrt schaute er auf seine Besucher.

»Sind Sie der Mann, einer armen Frau mit einem Kinde

Schutz vor Sklavenjägern zu gewähren?«, fragte der Senator geradeheraus.

»Das denke ich schon«, erwiderte John van Tromp mit Nachdruck.

»Das dachte ich mir«, sagte der Senator.

»Wenn jemand kommt«, rief John und richtete seine kräftige Gestalt auf, »nun, so warte ich hier auf ihn und ich habe sieben Söhne, alle kräftig und hoch gewachsen, die warten auch auf ihn.« Bei diesen Worten fuhr er mit den knochigen Fingern durch das dichte Haar, das seinen Kopf bedeckte, und brach in großes Gelächter aus.

Müde schleppte sich Eliza mit ihrem tief schlafenden Knaben im Arm zur Tür. Der Mann mit der rauen Schale betrachtete sie mitleidig im Licht seiner Kerze, öffnete ein kleines Schlafzimmer, das an die Küche stieß, in der sie standen, und winkte sie hinein. Er zündete eine Kerze an, setzte sie auf den Tisch und sprach: »Nun, Mädchen, Ihr braucht Euch nicht zu fürchten. Mag herkommen, wer will; ich bin auf alles gerüstet«, und er deutete auf einige über dem Kaminsims hängende Gewehre. »Die meisten Leute, die mich kennen, wissen, dass es der Gesundheit nicht förderlich ist, wenn man jemand gegen meinen Willen aus meinem Hause holen will. Legt Euch also jetzt nur in aller Ruhe schlafen.« Und er schloss die Tür.

»Das ist ein ganz ungewöhnlich hübsches Mädchen«, sagte er zum Senator, der ihm kurz Elizas Geschichte erzählte.

»So also steht die Sache«, meinte der gute Mann voll Mitgefühl. »Das arme Geschöpf! Wie ein Tier gejagt, nur

weil sie fühlt, was eine Mutter fühlen sollte. Ich will Euch
etwas sagen: Es gibt nichts, was mich so wütend macht.«
Und dann fügte er hinzu: »Ihr werdet am besten daran tun,
Sir, bis zum Tagesanbruch hier zu bleiben. Ich will meine
Alte rufen und für Euch ein Bett aufschlagen lassen.«

»Ich danke Ihnen, guter Freund«, antwortete der Senator,
»ich muss weiter, um die nächste Post nach Columbus zu
erreichen.«

»Nun, wenn Ihr müsst, gehe ich ein Stück Weges mit Euch
und zeige Euch eine Straße, die Euch besser hinführt als
der miserable Weg, den Ihr gekommen seid.«

Wenig später führte John mit seiner Laterne in der Hand
den Wagen des Senators auf einen Weg, der hinter seinem
Hause in einer Senke herführte. Als sie sich trennten,
drückte ihm der Senator eine Zehndollarnote in die Hand.

»Für das Mädchen«, sagte er.

»Ja«, antwortete John ebenso kurz. Sie gaben sich die Hand
und schieden.

Onkel Toms Abschied

Der Februarmorgen blickte grau und regnerisch durch das Fenster in Onkel Toms Hütte. Er schaute auf niedergeschlagene Gesichter, Spiegelbilder trauriger Herzen. Vor dem Feuer stand ein Tischchen, zwei frisch geplättete, grobe Hemden hingen auf der Lehne eines Stuhles und Tante Chloe hatte ein drittes vor sich ausgebreitet. Sie bügelte sorgfältig jede Falte, während sie von Zeit zu Zeit mit der Hand die Tränen aus dem Gesicht wischte. Tom saß bei ihr, das aufgeschlagene Neue Testament auf den Knien; keiner von beiden sprach ein Wort. Es war noch früh und die Kinder lagen noch in ihrem Bettkasten und schliefen.

Tom stand leise auf, um einen Blick auf die Kleinen zu werfen. »Es ist das letzte Mal«, sagte er.

Tante Chloe setzte ihr Plätteisen mit einer Geste der Verzweiflung ab, sank auf einen Stuhl und weinte laut. »Wir müssen unser Los tragen; aber, Herr, wie kann ich das? Wenn ich nur wüsste, wohin man dich bringt und wie man dich behandeln wird! Die Missis sagt, sie will versuchen dich in ein paar Jahren loszukaufen; aber von denen, die

flussabwärts gehen, ist noch keiner wiedergekommen. Sie bringen sie um bei der Arbeit auf den Plantagen.«
»Ich stehe in Gottes Hand«, sagte Tom, »und für eines kann ich Ihm wirklich danken: dass man *mich* flussabwärts verkauft hat und nicht dich und die Kinder. Ihr seid hier in Sicherheit. Was kommen wird, fällt nur auf mich und der Herr wird mir helfen.« Tom sprach mit erstickter Stimme, aber man hörte daraus seinen Mut und seine Stärke.
»Der Master hätte es nie dazu kommen lassen dürfen, dass du für seine Schulden genommen werden konntest«, erwiderte Chloe. »Du hast ihm vorher zweimal so viel eingebracht wie das, was er für dich erhält. Er war dir die Freiheit schuldig und hätte sie dir vor Jahren geben sollen.

Es ist möglich, dass er es jetzt nicht ändern kann; aber ich fühle, dass es unrecht ist.«

»Chloe, wenn du mich lieb hast, sprich nicht so. Es ist vielleicht das letzte Mal, dass wir beisammen sind, und es geht mir gegen den Strich, ein Wort gegen den Master zu hören. Vergleiche ihn einmal mit anderen Herren. Wer hat eine Behandlung gehabt wie ich! Und er hätte dies nie über mich kommen lassen, hätte er es voraussehen können.«

»Nun, es ist jedenfalls etwas Unrechtes dabei. Ich verstehe nicht, wo es liegt; aber unrecht ist es.«

»Du musst zu Gott aufblicken; gegen Seinen Willen fällt kein Sperling vom Dache.«

»Das sollte mich trösten, tut es aber nicht«, sagte Tante Chloe. »Doch das Reden nützt nichts, ich will jetzt Maiskuchen backen und dir noch ein gutes Frühstück machen; wer weiß, wann du wieder eines bekommst.«

Das einfache Morgenmahl dampfte bald auf dem Tische. Chloe hatte dazu alles aufgeboten, ihr zartestes Hühnchen geschlachtet und zugerichtet und ihren Maiskuchen ganz nach Toms Geschmack zubereitet. Sie hatte sogar aus den Töpfen auf dem Kaminsims eingemachte Früchte genommen, was nur zu wirklich bedeutenden Anlässen zu geschehen pflegte.

»Gott, Peter, was für ein Frühstück!«, sagte Moses und griff nach einem Stück Huhn. Aber Tante Chloe gab ihm augenblicklich eine Ohrfeige. »Wirst du deinem Vater wohl das letzte Frühstück lassen, das er zu Hause hat!«

»Oh Chloe!«, sagte Tom sanft.

»Ich kann nichts dafür«, antwortete Chloe und barg das Gesicht in der Schürze. »Ich bin so außer mir, dass ich nicht weiß, was ich tue.«

Die Knaben standen stumm da und blickten bald ihren Vater, bald ihre Mutter an, während das Jüngste zu schreien anfing. Chloe wischte sich die Augen, nahm es auf den Arm und sagte: »Jetzt bin ich hoffentlich ruhig. Esst nur! Das ist mein bestes Hühnchen. Da, Jungen, ihr sollt auch etwas haben; ihr armen Geschöpfe!«

Die beiden bedurften keiner zweiten Einladung; sie machten sich eifrig über die Speisen her und es war ein Glück, dass sie es taten; sonst wäre von dem Frühstück wenig verzehrt worden.

Nach dem Essen sagte Tante Chloe: »Jetzt muss ich deine Kleider einpacken, auch wenn der gemeine Kerl sie dir vielleicht alle abnimmt. Hier ist dein Flanellzeug gegen Rheumatismus. Das sind deine alten Hemden und das die neuen. Die Strümpfe habe ich dir gestern Abend gestopft und das Knäuel hineingelegt; aber, Gott, wer wird sie dir das nächste Mal ausbessern!«

Chloe legte schluchzend den Kopf auf die Kiste.

Nachdem die Knaben alles verzehrt hatten, begannen sie über die Situation nachzudenken, und weil sie die Mutter weinen und den Vater mit trüber Miene dasitzen sahen, schluchzten sie auch und rieben sich die Augen. Onkel Tom hatte sein Jüngstes auf dem Knie und erlaubte ihm sein Gesicht zu kratzen und ihn am Haar zu zupfen. Jetzt rief einer von den Knaben: »Da kommt die Missis!«

Mrs Shelby trat ein; sie sah bleich und sorgenvoll aus. »Tom«, sagte sie, »ich komme, um – «, und sie hielt plötzlich inne, sank in einen Stuhl, bedeckte das Gesicht mit dem Taschentuche und begann zu schluchzen.

»Gott, Missis – tun Sie das nicht!«, rief Tante Chloe und brach ihrerseits in Tränen aus und einige Momente lang weinte alles in der Hütte.

»Mein guter Bursche«, sagte Mrs Shelby, »ich kann dir nichts geben, was dir von Nutzen sein würde. Wenn ich dir Geld gäbe, würde man es dir wieder abnehmen; aber ich gelobe feierlich und vor Gott, dass ich dich wieder zurückkaufen werde, sobald ich das Geld auftreiben kann. Bis dahin vertraue auf den Herrn!« –

Die Knaben schrien, dass Mr Haley komme, und kurz darauf wurde die Tür mit einem Fußtritt aufgestoßen. Haley, wegen der Ereignisse des vergangenen Tages in übelster Laune, stand auf der Schwelle. »Komm, Nigger, bist du fertig?«, rief er. »Ihr Diener, Madam«, und er nahm den Hut ab, als er Mrs Shelby sah.

Tante Chloe verschloss die Kiste, umschnürte sie, stand auf und funkelte den Sklavenhändler zornig an. Tom erhob sich bescheiden, um seinem neuen Herrn zu folgen, und nahm seine schwere Kiste auf die Schulter. Seine Frau mit Polly auf dem Arm und die weinenden Knaben folgten ihm zum Wagen. Mrs Shelby trat zu dem Händler, hielt ihn einige Augenblicke zurück und sprach eifrig auf ihn ein. Alle Sklaven des Guts hatten sich um den Wagen versammelt, um von ihrem alten Genossen Abschied zu nehmen. Sie hatten zu Tom sowohl als erstem Diener als auch als christlichem Prediger aufgeschaut und besonders unter den Frauen machten sich ehrliche Teilnahme und Trauer breit.

»Steig ein!«, befahl Haley.

Tom stieg ein und Haley zog unter dem Wagensitz ein Paar schwere Fesseln hervor, die er um seine Knöchel schloss. Den ganzen Kreis durchlief ein dumpfes Stöhnen der Entrüstung und Mrs Shelby rief aus: »Ich versichere Ihnen, Mr Haley, dass diese Vorsichtsmaßregel völlig unnötig ist.«

»Das weiß ich nicht, Madam; ich habe in diesem Hause schon fünfhundert Dollar verloren und kann kein weiteres Risiko eingehen.«

»Schade, dass Mr George nicht hier ist; grüßt ihn von mir!«, sagte Tom vom Wagen herab. George verbrachte ein paar Tage bei einem Freund auf einem Nachbargut und hatte, da er abgereist war, ehe Toms Unglück bekannt war, nichts davon vernommen. –

Tom und Haley rollten auf der staubigen Landstraße dahin. Nachdem sie etwa eine Meile zurückgelegt hatten, hielt Haley vor einer Schmiede an, nahm ein paar Handschellen aus dem Wagen und trat in die Werkstätte. »Diese hier sind für ihn zu eng«, sagte er, indem er auf Tom zeigte.

»Herrgott, ist das nicht Shelbys Tom? – Er hat ihn doch nicht verkauft?«, fragte der Schmied.

»Doch, das hat er.«

»Was Ihr nicht sagt! Wer hätte das gedacht? Nun, Ihr braucht ihn nicht zu fesseln; er ist das treueste Geschöpf, das man sich denken kann.«

»Jaja«, sagte Haley, »aber gerade die guten Burschen gehen am meisten aufs Entlaufen aus.«

»Nun«, meinte der Schmied, während er unter seinen Werkzeugen umhersuchte, »die Pflanzungen dort unten sind nicht eben der Ort, wohin die Nigger aus Kentucky gern gehen. Sterben sie dort nicht sehr schnell?«

»Ja, ziemlich schnell bei dem Klima und den Umständen. Daher sind dort auch immer so gute Geschäfte zu machen.«

»Ist's nicht ein Jammer, dass ein so guter Bursche wie Tom auf einer von den Zuckerplantagen aufgebraucht werden soll?«

»Nun, die Aussichten sind für ihn nicht so schlecht. Ich habe versprochen ihn als Hausdiener in einer guten Familie unterzubringen, und wenn er das Fieber übersteht, wird es ihm dort so gut gehen, wie ein Neger nur verlangen kann.«

»Seine Frau und seine Kinder bleiben wohl hier zurück?«

»Ja«, sagte Haley, »aber er wird eine andere finden. Gott, schließlich gibt es überall Weiber genug.«

Tom saß betrübt vor der Schmiede, während in derselben dieses Gespräch geführt wurde. Plötzlich vernahm er hinter sich den schnellen, kurzen Hufschlag eines Pferdes, und ehe er sich's versah, sprang Master George in den Wagen, schlang stürmisch die Arme um seinen Hals und schluchzte. »Sie mögen sagen, was sie wollen«, schrie er, »aber es ist eine Sünde und Schande. Wenn ich ein Mann wäre, sollten sie es nicht tun!«

»Oh, Master George. Das freut mich, dass Sie kommen! Ich konnte es kaum ertragen, ohne Abschied von Ihnen zu gehen!«, rief Tom, und da er dabei zufällig eine Bewegung mit den Füßen machte, fiel Georges Blick auf die Fesseln.

»Was für eine Schande!«, rief er, die Hände emporhebend. »Ich werde den alten Schurken niederschlagen, das werde ich.«

»Nein, das werden Sie nicht, Master George, und Sie dürfen nicht so laut sprechen. Es hilft mir nichts, wenn Sie ihn böse machen.«

»Nun, dann will ich es um deinetwillen lassen; aber es ist eine wahre Schande. Man hat mir kein Wort gesagt, und wenn Tom Lincon nicht gewesen wäre, hätte ich gar nichts davon gehört. Ich hab ihnen ganz schön den Kopf gewaschen zu Hause. – Schau her, Onkel Tom«, fügte er geheimnisvoll hinzu, indem er der Schmiede den Rücken zukehrte, »ich habe dir einen Dollar mitgebracht. Tante Chloe hat mir geraten ein Loch durchzuschlagen und ein Band hineinzuziehen, damit du ihn um den Hals hängen kannst. So, jetzt knöpfe den Rock fest darüber zu und jedes Mal, wenn du ihn siehst, denke daran, dass ich dich wiederholen werde. Ich will schon dafür sorgen und keine Ruhe geben, bis Vater mich lässt.«

»Master George«, sagte Tom, »Sie müssen ein guter Junge sein. Bedenken Sie, wie viele Hoffnungen auf Ihnen ruhen. Halten Sie sich stets an die Anweisungen Ihrer Mutter. Der liebe Gott gibt uns viele Dinge doppelt, aber eine Mutter und gar eine solche Mutter gibt Er nur einmal. Nicht wahr, das werden Sie niemals vergessen?«

»Gewiss nicht, Onkel Tom«, antwortete George.

»Und nehmen Sie sich mit Ihren Worten in Acht, Master George. Knaben sind mitunter eigensinnig, wenn sie in das entsprechende Alter kommen. Aber ein echter Gentleman, und das wollen Sie doch werden, lässt nie ein böses Wort gegen seine Eltern fallen. Sie nehmen meine Ermahnungen doch nicht übel, Master George?«

»Nein, wirklich nicht, Onkel Tom; du hast mir stets gute Ratschläge gegeben.«

»Ich bin älter als Sie«, sagte Tom und streichelte den hübschen blonden Lockenkopf des Knaben mit seiner großen, starken Hand. »Oh, Master George, Sie haben alles – Bildung, eine vornehme Stellung, Lesen, Schreiben –, und Sie werden zu einem klugen Manne heranwachsen und alle Leute auf dem Gute und Ihre Eltern werden stolz auf Sie sein. Seien Sie auch ein guter Master wie Ihr Vater und christlich wie Ihre Mutter!«

»Das will ich, Onkel Tom!«, rief George. »Ich will ein ganzer Kerl werden; verliere nur den Mut nicht! Ich bringe dich schon wieder zurück.«

Jetzt kam Haley mit den Handschellen aus der Schmiede.

»Hören Sie, Mister«, sagte George von oben herab, »ich werde meinen Eltern erzählen, wie Sie Onkel Tom behandeln.«

»Tu das nur«, antwortete der Händler.

»Schämen Sie sich nicht Männer und Frauen zu verkaufen

und sie anzuketten wie Vieh? Ich sollte meinen, das wäre Ihnen zu schäbig.«

»Solange vornehme Leute Eures Schlages Männer und Frauen kaufen, bin ich ebenso gut wie sie«, antwortete Haley, »das Verkaufen ist nicht schäbiger als das Kaufen.«

»Ich werde weder das eine noch das andere tun, wenn ich ein Mann bin«, sagte George, »und nun lebe wohl, Onkel Tom! Halt die Ohren steif!«

»Leben Sie wohl, Master George«, rief Tom und blickte den Knaben mit liebevoller Bewunderung an. »Gott der Allmächtige segne Sie! In Kentucky gibt es nicht viele, die Ihnen gleichkommen!«

Der Knabe entfernte sich und Tom blickte zurück, bis der Hufschlag des Pferdes in der Ferne verhallte.

Es war der letzte Gruß der Heimat, aber ums Herz, dort wo die Hände des Jungen den Dollar befestigt hatten, war ihm doch ein wenig warm.

In einem Gasthof in Kentucky

Spät an einem regnerischen Nachmittag stieg ein alter, sorgfältig gekleideter Herr mit gutmütigem Gesicht an der Tür eines kleinen Gasthauses in einem Dorf in Kentucky ab. Er fand in der Gaststube eine bunte Gesellschaft, die hier einen sicheren Hafen vor dem schlechten Wetter gesucht hatte. Hoch aufgeschossene Kentuckyer in Jagdhemden, Gewehre und Jagdtaschen, Hunde und kleine Negerjungen, die sich in buntem Durcheinander auf dem Boden wälzten, bestimmten das Bild.

Das Gewimmel war unserem Reisenden offenbar etwas unangenehm, er gab seine Reisetasche und seinen Schirm nicht aus der Hand und zog sich in die wärmste Ecke des Raumes zurück, wo er seine Sachen sorgfältig unter seinem Stuhl verstaute.

»Nun, Fremder, wie geht's?«, redete einer der Gentlemen ihn an.

»Gut, denke ich«, antwortete jener, sich sorgfältig vor dem Tabaksaft hütend, den sein Gegenüber sozusagen als Ehrensalut in hohem Bogen in seine Richtung feuerte. Er lehnte auch dankend die angebotene Prise Kautabak ab.

»Was gibt's Neues?«
»Ich weiß nichts; – doch was ist das?«, fragte der alte Herr, als er bemerkte, dass sich einige Mitglieder der Gesellschaft um ein Plakat geschart hatten.
»Ein Niggersteckbrief«, sagte jemand. Mr Wilson, so hieß der alte Herr, stand auf, zog seinen Kneifer heraus, setzte ihn auf die Nase und las:
»Dem Unterzeichneten ist sein Mulattenbursche George entlaufen. Besagter George ist sechs Fuß hoch, ein sehr heller Mulatte mit braunem, gelocktem Haar, sehr intelligent, spricht gut, kann lesen und schreiben, wird sich wahrscheinlich für einen Weißen ausgeben; hat tiefe Narben auf dem Rücken und den Schultern, hat den Buchstaben H als Brandzeichen in der rechten Hand. Ich zahle demjenigen, der ihn mir lebend zurückbringt, vierhundert

Dollar und die gleiche Summe für den Beweis seiner Tötung.«

Der alte Herr las diese Anzeige mit leiser Stimme von Anfang bis zu Ende, als ob er sie auswendig lernen wollte. Einer aus der Gesellschaft trat heran und spuckte eine reichliche Ladung Tabaksaft auf das Plakat. »So viel zu dem, was ich von so etwas halte. Und wenn der Schreiber dieses Papiers unter uns wäre, würde ich das Gleiche mit ihm tun. Ein Mann, der so einen Burschen besitzt und ihn nicht besser behandelt, verdient ihn zu verlieren. Solche Steckbriefe sind eine Schande für Kentucky.«

»Sie haben völlig Recht, mein Freund«, sagte Mr Wilson. »Der Bursche, dem der Steckbrief gilt, ist ein feiner Kerl. Er hat über sechs Jahre in meiner Sacktuchfabrik gearbeitet und war meine beste Kraft. Er hat sogar eine Maschine erfunden, die heute in mehreren Fabriken genutzt wird. Und sein Herr verdient an dem Patent.«

Hier wurde das Gespräch unterbrochen, weil ein einspänniger Wagen vor dem Gasthaus vorfuhr. Ein gut gekleideter Mann saß darin, während ein farbiger Diener das Pferd lenkte. Die Gesellschaft betrachtete den Ankommenden mit der Neugier, mit der Leute, die nichts anderes zu tun haben, an einem Regentag jeden Fremden eintreten sehen. Er war hoch gewachsen, hatte eine dunkle, spanische Gesichtsfarbe, ausdrucksvolle schwarze Augen und dicht gelocktes, glänzend schwarzes Haar. Seine Adlernase, feine, schmale Lippen und ein schön gebauter Körper ließen ihn sofort als etwas Besonderes erscheinen. Er schritt ungezwungen durch die Gäste, zeigte dem Diener mit einer Kopfbewegung, wohin er seinen Koffer stellen solle, verbeugte sich gegen die Anwesenden, trat mit dem Hut in der Hand gelassen an die Theke und gab seinen Namen als Henry Butler von Oaklands in der Grafschaft Shelby an. Hierauf wendete er sich gleichgültig um, ging zu dem Steckbrief und las ihn.

»Jim«, sagte er dann zu seinem Diener, »mir scheint, den Burschen haben wir oben bei Bernan getroffen.«

»Ja, Master«, antwortete Jim, »nur dass ich mir nicht sicher bin, was die Hand betrifft.«

»Danach habe ich natürlich auch nicht gesehen«, fuhr der Fremde gähnend fort, wandte sich dann an den Wirt und forderte ein privates Zimmer, da er unverzüglich einige Korrespondenz zu erledigen habe.

Der Wirt war die Dienstfertigkeit in Person und bald schwirrten ungefähr sieben Neger wie eine Schar Rebhühner umher, um das Zimmer des fremden Herrn in Ordnung zu bringen. Unterdessen hatte sich dieser nachlässig auf einen Stuhl gesetzt und ein Gespräch angeknüpft. – Mr Wilson hatte den Fremden vom Augenblick seines Eintretens an mit unruhiger Neugier betrachtet. Es war ihm, als habe er ihn irgendwo kennen gelernt, und doch konnte er sich nicht besinnen, wo. Wenn der Fremde sprach, schrak Mr Wilson zusammen und richtete den Blick auf ihn, um ihn plötzlich wieder abzuwenden, sobald die glänzenden dunklen Augen den seinen mit gleichgültiger Ruhe begegneten. Endlich schien eine Erinnerung in ihm aufzublitzen, denn er starrte den Fremden mit einer solchen Überraschung an, dass dieser zu ihm trat.

»Mr Wilson, wenn ich nicht irre?«, sagte er, ihm die Hand reichend. »Ich bitte um Verzeihung, dass ich Sie nicht früher erkannte. Ich sehe, auch Sie haben mich nicht vergessen – ich bin Mr Butler aus Oaklands in der Grafschaft Shelby.«

»Ja – ja, Sir«, erwiderte Mr Wilson wie im Traume. Ein Negerknabe meldete, dass das Zimmer des Herrn bereit sei. »Jim, sorge für die Koffer!«, sagte der Fremde nachlässig, worauf er Mr Wilson bat: »Wenn es Ihnen passt, Sir, würde ich Sie gern auf meinem Zimmer einige Minuten lang in einer geschäftlichen Angelegenheit sprechen.«

Mr Wilson folgte ihm und sie begaben sich in ein großes Zimmer im ersten Stock, wo ein frisch angezündetes Feuer prasselte. Sobald die Dienerschaft sich entfernt hatte, verschloss der junge Mann ruhig die Tür, verschränkte die Arme und blickte Mr Wilson fest ins Gesicht.

»George!«, sagte dieser.

»Ja, George«, antwortete der junge Mann lächelnd. »Ich glaube, ziemlich gut verkleidet zu sein; ein wenig Walnussrinde hat meiner gelben Haut ein schönes Braun gegeben; mein Haar habe ich schwarz gefärbt. Sie sehen, dass ich dem Steckbrief nicht im Mindesten entspreche.«

»Oh George, du spielst ein gefährliches Spiel! Es scheint mir, dass du deinem rechtmäßigen Herrn davonläufst. – Ich wundere mich nicht darüber; doch es macht mich traurig . . .«

»Was macht Sie traurig, Sir?«, unterbrach George den alten Herrn.

»Dass du dich gegen die Gesetze deines Landes auflehnst.«

»*Meines* Landes?«, erwiderte George bitter. »Was für ein Land habe ich außer dem Grab? Und ich wünschte bei Gott, ich läge darin!«

»Nein, George, nein! So zu sprechen ist eine Sünde. Du hast einen harten Herrn; in der Tat, das ist er; aber wir müssen uns alle dem fügen, was Gott für uns vorgesehen hat. Siehst du das nicht ein, mein Junge?«

George stand da, den Kopf in den Nacken geworfen, die Arme über der breiten Brust gekreuzt, und ein bitteres Lächeln umspielte seine Lippen, als er antwortete: »Wenn nun die Indianer kämen, Mr Wilson, und Sie von Ihrer Frau und Ihren Kindern fortschleppten und Sie Ihr Leben lang für sich arbeiten ließen, würden Sie es dann wohl auch für Ihre Pflicht halten, in der Lage auszuharren? Ich glaube, Sie hielten das erste freie Pferd, das Ihnen begegnete, für einen Fingerzeig des Himmels – oder etwa nicht?«

Dem alten Gentleman fehlten angesichts dieses Vergleichs, dem er nichts entgegenzusetzen hatte, die Worte. Dann aber fuhr er fort:

»Du weißt, George, dass ich immer dein Freund gewesen bin, und was ich gesagt habe, war nur zu deinem Besten gesagt. Du setzt dich einer furchtbaren Gefahr aus. Wenn man dich erwischt, wird es dir schlimmer ergehen als je zuvor. Erst wird man dich halb totschlagen und dich dann flussabwärts verkaufen.«

»Mr Wilson, ich weiß das alles«, versetzte George. »Ich laufe Gefahr; aber . . .« Er öffnete seinen Rock und zeigte ein Paar Pistolen und ein Jagdmesser. »Da!«, sagte er. »Ich bin darauf vorbereitet. Nach dem Süden gehe ich nie! Wenn es dazu kommt, kann ich mir zumindest sechs Fuß Boden erwerben, wo ich frei bin.«

»George, du machst mir Angst. Du bist also entschlossen die Gesetze deines Landes zu brechen!«

»Schon wieder reden Sie von *meinem* Land. Sie haben ein Land. Aber was für ein Land habe ich oder jemand wie ich, dessen Mutter eine Sklavin war? Sehen Sie mich an, Mr Wilson«, fuhr George fort, »stehe ich hier nicht vor Ihnen, gerade so, als ob ich ein Mensch wie Sie wäre? Bin ich nicht ein Mann so gut wie irgendeiner? Nun gut, Mr Wilson, hören Sie, was ich Ihnen sagen will. Mein Vater, einer Ihrer feinen Herren aus Kentucky, sah keinen Grund zu verhindern, dass ich mit seinen Hunden und Pferden verkauft wurde, als er plötzlich starb. Ich sah, wie man meine Mutter mit ihren sieben Kindern verkaufte. Sie wurden vor ihren Augen verkauft, eines nach dem andern, alle an verschiedene Herren und ich war das jüngste. Als mich der alte Master kaufte, kniete sie vor ihm nieder und flehte, er möchte sie mit kaufen, dass ihr wenigstens eines ihrer Kinder bliebe, und er stieß sie mit seinem schweren Stiefel von sich. Das Letzte, was ich von ihr hörte, war ihr Geschrei, als man mich aufs Pferd band und fortschleppte. Mein Master kaufte dann auch noch meine älteste Schwester. Zuerst war ich froh, weil ich nun eine Freundin in meiner Nähe wusste. Aber dann stand ich vor der Tür und hörte, wie man sie peitschte, weil sie ein sittsames christliches Leben führen wollte, wozu eure Gesetze keinem Sklavenmädchen ein Recht geben. Zuletzt sah ich sie angekettet in der Herde eines Sklavenhändlers auf dem Weg zum Markt nach New Orleans.

Ich wuchs auf ohne Vater, ohne Mutter, ohne eine liebende Seele, die sich um mich kümmerte – nichts als Peitschenhiebe und Hunger! Sir, ich bin so hungrig gewesen, dass ich froh war, wenn ich einen Knochen erwischte, den man den Hunden vorwarf; und als ich noch ein kleiner Knabe war und ganze Nächte durchweinte, geschah es doch nicht aus Hunger oder wegen der Peitschenhiebe; nein, Sir, sondern weil ich niemand hatte, der mir ein wenig Zuneigung zeigte. – Niemand gab mir ein freundliches Wort, bis ich zur Arbeit in Ihre Fabrik kam. Sie behandelten mich gut; Sie ermunterten mich Recht zu tun, lesen und schreiben zu lernen und etwas aus mir zu machen. Gott weiß, wie dankbar ich Ihnen dafür bin. Dann, Sir, fand ich meine Frau; – Sie kennen Eliza und wissen, wie schön und gut sie ist. – Aber dann kommt mein Herr, nimmt mich fort von meiner Arbeit, von meinen Freunden, von allem, was ich liebe! Und weshalb? Weil ich, wie er sagt, vergessen habe, wer ich bin: Er wolle mich lehren, sagt er, dass ich nur ein Nigger bin! Zuletzt tritt er auch zwischen mich und meine Frau und verlangt, dass ich sie verlasse und mit einer andern lebe. – Und zu dem allem geben eure Gesetze ihm die Gewalt!«

»Hol sie der Teufel!«, platzte Mr Wilson plötzlich heraus.
»Gott verzeihe mir die Sünde – ich will nicht hoffen, dass
ich geflucht habe. Nun, so gehe denn, George; aber sieh
dich vor, mein Junge, schieße auf keinen Menschen, wenn
nicht – nun, ich meine, du tätest am besten, gar nicht zu
schießen; wenigstens schösse ich an deiner Stelle nicht so,
dass ich träfe, weißt du. – Wo ist deine Frau, George?«

»Fort, Sir – sie ist mit dem Kinde entflohen – Gott weiß
wohin.«

»Ist es möglich? Weg von einer so gütigen Familie?«

»Auch gütige Familien geraten in Schulden und die Gesetze unseres Landes erlauben ihnen das Kind aus den Armen
der Mutter wegzureißen und zu verkaufen, um die Schulden ihres Herrn zu bezahlen«, sagte George bitter.

»Nun, nun«, meinte der brave Mr Wilson und griff in die
Tasche, »ich fürchte, dass ich unvernünftig bin – aber ich
will unvernünftig sein! Also nimm dies, George!« Und
damit zog er ein Bündel Banknoten aus der Brieftasche und
bot sie George an.

»Nein, mein guter, lieber Sir«, wehrte George ab. »Sie
haben schon sehr viel für mich getan und dies könnte Sie
in Ungelegenheiten bringen. Ich habe Geld genug, um
fortzukommen.«

»Du musst es annehmen, George; Geld ist überall eine
große Hilfe. Man kann davon nicht genug haben, wenn
man es auf ehrliche Weise erwirbt. Bitte, nimm es!«

»Nur unter der Bedingung, dass ich es Ihnen später zu-
rückzahlen darf.«

»Wer ist dein schwarzer Begleiter, George?«, fragte Mr Wilson.
»Ein tapferer Bursche, der vor einem Jahr nach Kanada gegangen ist. Dort hörte er, dass sein Herr über seine Flucht so wütend geworden war, dass er seine alte Mutter auspeitschte. Er hat den ganzen Weg zurückgemacht, um sie zu befreien.«
»Und ist es ihm gelungen?«
»Noch nicht. Er hat noch keine Gelegenheit gefunden; bis sie sich darbietet, begleitet er mich nach Ohio, um mich zu den Freunden zu bringen, die ihm fortgeholfen haben. Dann will er zurückkehren, um sie zu holen.«
»Gefährlich, sehr gefährlich!«, sagte Mr Wilson mit Kopfschütteln. George lächelte verächtlich. Der alte Herr betrachtete ihn voll Verwunderung. »George«, sagte er, »du hast dich erstaunlich verändert. Du sprichst und bewegst dich wie ein anderer Mann.«

»Weil ich jetzt ein freier Mann bin«, sagte George stolz. »Ich werde nie mehr zu jemandem ›Master‹ sagen.«

»Und was ist mit dem Zeichen in deiner Hand, mein Junge?«

George zog den Handschuh aus und zeigte eine frische Narbe. »Ein letzter Beweis für Mr Harris' Zuneigung«, sagte er verächtlich. »Vor vierzehn Tagen hat er sich das in den Kopf gesetzt, weil er meinte, ich würde ihm eines Tages weglaufen. Sieht interessant aus, nicht wahr?«

Nach einigen weiteren Worten fuhr er fort: »Wir reiten morgen vor Tagesanbruch wieder ab; morgen Abend hoffe ich in Ohio in Sicherheit zu sein. Leben Sie wohl, Sir. Wenn Sie hören, dass ich gefangen sei, werden Sie wissen, dass ich nicht mehr lebe.« Mit diesen Worten reichte er Mr Wilson die Hand; der freundliche Alte schüttelte sie herzlich, nahm seinen Regenschirm und entfernte sich umständlich aus dem Zimmer.

George blickte ihm sinnend nach; ihm schien ein Gedanke zu kommen. Er trat schnell an die Tür, öffnete sie und sagte: »Mr Wilson, noch ein Wort!« Der alte Herr trat wieder ein; George sah ein paar Augenblicke unentschlossen zu Boden; endlich hob er den Kopf und sagte: »Mr Wilson, Sie haben sich durch die Art, wie Sie mich behandelten, als Christ erwiesen; darf ich Sie noch um einen Beweis Ihrer christlichen Liebe bitten?«

»Sprich, lieber George!«

»Sie haben Recht; ich setze mich wirklich einer großen Gefahr aus. Auf Erden wird sich keine lebende Seele darum kümmern, wenn ich sterbe und wie ein Hund verscharrt werde – außer meiner armen Frau. Die arme Seele! Sie wird trauern und leiden. Wenn Sie es so einzurichten wüssten, Mr Wilson, dass Sie ihr diese kleine Nadel senden. Sie hat sie mir einst zu Weihnachten geschenkt. Schicken Sie sie ihr und sagen Sie ihr, dass ich sie bis zum letzten Atemzuge geliebt habe. Wollen Sie?«

»Gewiss, mein armer George«, sagte Mr Wilson mit bebender Stimme und nahm mit feuchten Augen die Nadel.

»Dann sagen Sie ihr noch«, fuhr George fort, »sie soll nach Kanada gehen, wenn sie kann, und unseren Sohn als freien Mann erziehen, damit er nicht so leiden muss wie wir.«

»Ja, George, das werde ich ihr sagen. Aber ich hoffe, dass du nicht sterben wirst. Fasse Mut und vertraue auf Gott!«

»Gibt es einen Gott, auf den ich vertrauen kann?«, sagte George in bitterer Verzweiflung. »Für euch Weiße gibt es einen Gott; aber auch für uns?«

»Oh, sprich nicht so – sprich nicht so, mein Sohn! Ja, es gibt einen Gott. Glaube es, George – vertraue auf Ihn; Er wird dir helfen, wenn nicht in diesem Leben, dann in einem anderen!«

George stand einen Augenblick sinnend und sagte dann leise: »Ich will daran denken, mein guter Freund.«

Bei den Quäkern

Ein stilles Bild erhebt sich jetzt vor unseren Augen: eine geräumige Küche mit gelbem, glänzendem Fußboden, auf dem kein Stäubchen zu sehen ist; ein glänzend schwarzer Herd; Reihen von blankem Zinngerät; feste grüne Holzstühle, ein kleiner Schaukelstuhl mit gesticktem Kissen darauf, ein größerer alter Lehnstuhl, dessen weite Arme und weich gepolsterte Lehne zum Niedersitzen einluden. Hier saß, mit einer feinen Näharbeit beschäftigt, unsere Freundin Eliza. Sie war bleicher und magerer als in ihrer Heimat Kentucky und um den Mund lag ein Zug stillen Schmerzes.

Neben ihr saß eine Frau, auf dem Schoße einen blanken Zinntopf mit getrockneten Pfirsichen. Sie mochte sechzig Jahre alt sein, aber ihr Gesicht gehörte zu denen, die durch die Zeit nur heiterer und schöner zu werden scheinen. Eine schneeweiße Haube, ein weißes Tuch, ein grauer Schal und ein Kleid von gleicher Farbe verrieten auf den ersten Blick, dass sie eine Quäkerin war. Ihr vom Alter gebleichtes Haar war glatt zurückgestrichen und unter der Stirn glänzten ein Paar klare, liebevolle, braune Augen. In einem Wort, es handelte sich um die gute Rachel Halliday, die schon so vielen Menschen geholfen hatte, die in Not waren.

»Du denkst also immer noch daran, nach Kanada zu gehen, Eliza?«, fragte Rachel.

»Ja, Madam; ich muss weiter, ich darf nicht hier bleiben.«

»Und was willst du tun, wenn du dort bist? Das musst du auch bedenken, meine Tochter!«

Elizas Hände zitterten und auf ihre Arbeit fielen Tränen, aber sie antwortete fest: »Ich werde jede Arbeit annehmen, die sich bietet.«

»Du weißt, dass du hier bleiben kannst, so lange du magst.«

»Oh, ich danke Ihnen; aber – ich finde keine Ruhe. Letzte Nacht träumte ich, der Mann käme in den Hof, um mir Harry zu entreißen«, sagte Eliza schaudernd.

»Armes Kind!« –

In diesem Augenblick öffnete sich die Tür und Mary, ein frisch und rosig aussehendes Mädchen mit Augen wie die ihrer Mutter, trat ein. »Mary, du stellst wohl am besten den Kessel auf!«, schlug Rachel ihrer Tochter in freundlichem Tone vor. Mary ging rasch zum Brunnen und bald hörte man den Kessel vom Ofen her einladend singen und dampfen. Gehorsam setzte Mary auch die Pfirsiche in einem Kochtopf auf dem Ofen auf, als ihre Mutter sie freundlich darum bat. Rachel nahm jetzt ein schneeweißes Knetbrett, band sich eine Schürze vor und machte sich daran, Biskuits zu backen, nachdem sie zuvor zu ihrer Tochter gesagt hatte: »Mary, du sagst John wohl am besten, dass er ein Hühnchen bereithalten soll!«

Kurz darauf trat der Vater ein, Simeon Halliday, ein langer, kräftiger Mann in grauem Rock und mit breitkrempigem Hut.

»Was gibt's Neues, Vater?«, fragte Rachel und schob ihre Biskuits in den Ofen.

»Peter Stebbins hat mir gesagt, dass er heute Abend mit Freunden hierher kommt«, erwiderte Simeon geheimnisvoll, während er sich in einem Nebenraum in einem sorgfältig gepflegten Becken die Hände wusch.

»Wirklich!«, versetzte Rachel und warf einen Blick auf Eliza.

»Hast du nicht gesagt, dass du Harris heißt?«, fragte Simeon Eliza und diese sagte mit zitternder Stimme: »Ja.« Sie hatte Angst, die Frage bedeutete, dass man sie jetzt mit einem Steckbrief suche.

Nun rief Simeon seine Frau vor die Eingangstür. »Was wünschest du, Vater?«, fragte sie, ihre mit Mehl bedeckten Hände reibend.

»Der Mann dieses Mädchens ist in der Siedlung und kommt gegen Abend her. Peter Stebbins war gestern mit dem Wagen unten am anderen Stützpunkt; dort fand er eine alte Frau und zwei Männer, von denen der eine sich George Harris nennt, und nach allem, was er erzählt hat, bin ich überzeugt, er muss es sein. Er ist ein gescheiter, liebenswerter Bursche. – Sollen wir es ihr jetzt schon sagen?«

»Natürlich! Sofort!«, antwortete Rachel und ging zu Eliza in die Küche zurück. »Ich habe dir etwas mitzuteilen, meine Tochter.« Obwohl sie dies ganz freundlich sagte, war sofort wieder Elizas Furcht geweckt und ängstlich schaute sie auf Harry. »Nein, nein«, sagte Rachel und nahm den kleinen Harry in den Arm. »Du brauchst keine Angst zu haben, es ist eine gute Nachricht. – Der Herr hat dir Gnade bewiesen; dein Mann ist dem Hause der Knechtschaft entronnen.«

Das Blut strömte plötzlich in Elizas Wangen und zog sich ebenso schnell wieder zum Herzen zurück; sie setzte sich bleich und halb ohnmächtig nieder.

»Fasse Mut, Kind!«, sagte Rachel und legte die Hand auf Elizas Kopf. »Er ist unter Freunden, die ihn heute Abend herbringen.«

»Heute Abend?«, rief Eliza. »Heute Abend?« Ihr wurde schwindlig und einen Augenblick schwamm alles vor ihren Augen wie im Nebel.

Als sie erwachte, lag sie, mit einer wollenen Decke sorgfältig zugedeckt, im Bett. Sie öffnete die Augen, sah durch eine offene Tür den Esstisch mit seinem schneeweißen Tuche, hörte das leise Zischen des Teekessels, sah Rachel mit Tellern voll Kuchen hin- und hergehen und von Zeit zu Zeit stehen bleiben, um Harry einen Kuchen in die Hand zu stecken oder seine langen Locken um ihre weißen Finger zu schlingen. Sie sah dann alle bei Tisch und den kleinen Harry auf einem hohen Stuhle unter der beschützenden Obhut Rachels; sie vernahm leises Gemurmel, das Klirren von Teelöffeln und das Klappern von Tassen und Tellern. Dann schlief sie wieder ein und schlief, wie sie seit der furchtbaren Stunde, als sie mit ihrem Kinde entflohen war, nicht wieder geschlafen hatte. Sie träumte von einem schönen Lande, von grünen Ufern, herrlichen Inseln und glitzerndem Wasser und dort in einem Hause, das ihr Heim war, sah sie ihren Knaben als ein freies und glückliches Kind spielen. Sie hörte die Schritte ihres Gatten, wie er näher kam und sie in die Arme schloss ... seine Tränen benetzten ihr Gesicht und sie erwachte.

Es war kein Traum. Das Licht des Tages war längst verblichen, ihr Kind lag ruhig schlummernd an ihrer Seite, auf dem Leuchter brannte eine Kerze und George stand schluchzend an ihrem Bett.

Am folgenden Morgen ging es in dem kleinen Quäkerhause fröhlich zu. Die Mutter war früh aufgestanden und bereitete, von fleißigen Knaben und Mädchen umgeben, das Frühstück. Während ihre Brüder John und Simeon der

Jüngere Wasser vom Brunnen holten und Mehl für den Maiskuchen siebten, machte Mary den Kaffee. Rachel aber gab sanft ihre Anweisungen, buk Biskuits, zerlegte Hühner und verbreitete über das ganze Treiben sonnigen Glanz. Wenn bei dem geschäftigen Treiben einmal Streit auszubrechen drohte, reichte ein »Komm, komm!« oder ein »Bitte nicht!«, um die Wogen sofort zu glätten.

Endlich saßen alle beim Frühstück. Es war das erste Mal, dass George sich gleichberechtigt an den Tisch eines weißen Mannes gesetzt hatte, und er benahm sich anfangs mit einiger Befangenheit; aber die verschwand wie ein Nebel in den erwärmenden Morgenstrahlen dieser einfachen Güte.

»Vater, wenn du nun wieder ertappt würdest«, sagte Simeon der Jüngere und strich Butter auf seinen Kuchen.

»Dann bezahle ich meine Strafe«, antwortete Simeon ruhig.

»Aber wenn man dich nun ins Gefängnis sperrte?«

»Könntest du nicht mit der Mutter das Gut allein verwalten?«, fragte der Vater lächelnd.

»Mutter kann fast alles«, sagte der Junge, »aber sind solche Gesetze nicht eine Schande? Ich hasse diese alten Sklavenhalter.«

»Du überraschst mich, mein Sohn«, erwiderte Simeon, »wir haben dich nicht gelehrt irgendjemanden zu hassen. Ich würde das Gleiche für den Sklavenhalter tun wie für den Sklaven, wenn er in Not an meine Türe klopfte.«

Simeon wurde rot, aber seine Mutter lächelte nur und

nahm ihn in Schutz. George aber wandte sich besorgt an seinen Gastgeber und sagte: »Ich hoffe doch nicht, mein guter Sir, dass Sie unseretwegen Ärger haben werden?«

»Fürchte nichts, George; wir sind auf der Welt, um uns für das Gute einzusetzen, auch wenn wir uns damit Unannehmlichkeiten aussetzen.«

»Aber um meinetwillen! Das könnte ich nicht ertragen«, sagte George.

»Nun, dann beruhige dich, lieber George; es geschieht nicht für dich, sondern für Gott und die Menschen«, entgegnete Simeon. »Aber jetzt musst du ausruhen, denn heute Abend um zehn wird euch ein Freund abholen und euch zum nächsten Stützpunkt auf eurer Flucht begleiten.«

Evangeline

Die Strahlen der untergehenden Sonne zitterten auf der meeresgleichen Fläche des Mississippi; das schwankende Rohr und die dunklen Zypressen glühten in den goldenen Strahlen, während die »Belle Rivière«, eines der schönsten und schnellsten Dampfboote auf dem Strom, munter flussabwärts dahintrieb. Bis über die Bordwände mit Baumwolle beladen, bewegte sich der Dampfer schwerfällig dem Markte zu, an Bord auch Onkel Tom und die andere lebende Ware, die Mr Haley im Süden zu verkaufen gedachte. Er hatte unterdessen noch einige weitere Beweise seiner Menschlichkeit an den Tag gelegt, indem er auf einer Auktion eine alte Negerin von ihrem einzigen verbliebenen Sohn getrennt und hinter dem Rücken einer jungen Mutter deren Baby verkauft hatte. Dass diese daraufhin nachts über Bord sprang, um im Fluss den Tod zu suchen, war eine jener Unwägbarkeiten, die ein Geschäftsmann wie Mr Haley bedauerte, aber mit Gelassenheit trug.

Durch seinen ruhigen Charakter und sein Benehmen, das in keiner Weise Anstoß erregte, hatte Tom unmerklich selbst das Vertrauen eines Mannes wie Haley gewonnen.

Anfangs hatte ihn dieser tagsüber aufmerksam beobachtet und ihm nachts nie erlaubt, ohne Fesseln zu schlafen; aber da Tom nie klagte und sich mit seinem Los abzufinden schien, sah Haley endlich von diesen Zwangsmaßnahmen ab. Seitdem war Tom eine Art von Gefangener auf Ehrenwort, sodass er nach Belieben auf dem Dampfer umhergehen konnte. Stets bereit Hand anzulegen, hatte sich Tom die Zuneigung der Schiffsbesatzung erworben. Stundenlang half er freiwillig mit. Wenn es aber für ihn nichts zu tun gab, kletterte er auf die Baumwollballen am Hinterdeck und beschäftigte sich mit seiner Bibel.

Für mehr als hundert Meilen oberhalb von New Orleans ist der Fluss höher als das umliegende Land und wälzt seine ungeheuren Massen zwischen zwanzig Fuß hohen Deichen dahin. Der Reisende überschaut vom Verdeck des Dampfers wie von einer schwimmenden Burg meilenweit die Gegend. Tom sah in der Ferne die Sklaven bei ihrer Arbeit, er sah ihre Dörfer mit den langen Reihen von Hütten, in deutlichem Abstand von den Herrenhäusern und Parks ihrer Herren. Und dann flog sein armes, gebrochenes Herz zurück zu dem Gut in Kentucky mit seinen schattigen Buchen, zu dem Herrenhause mit seinen kühlen Hallen und zu der kleinen, mit Monatsrosen überwachsenen Hütte. War es da ein Wunder, dass auf die Blätter seiner Bibel Tränen liefen, während er, langsam mit dem Finger von einem Wort zum anderen gehend, ihre Verheißungen zusammenbuchstabierte?

Tom hatte erst in späteren Jahren lesen gelernt und es

kostete ihn Mühe, von einem Verse zum anderen zu gelangen. Aber immer wenn der junge Master ihnen aus der Bibel vorgelesen hatte, hatte Tom mit bestimmten Strichen und Punkten die Stellen bezeichnet, die sein Herz besonders ergriffen. Anhand dieser Zeichen konnte er schnell seine Lieblingsstellen auffinden, ohne dass er zu entziffern brauchte, was dazwischenlag.

Unter den Passagieren des Dampfers befand sich ein vermögender junger Mann aus guter Familie aus New Orleans, namens St. Clare; er hatte eine sechsjährige Tochter und eine Verwandte bei sich, die die Kleine unter ihre besondere Obhut genommen zu haben schien. Tom sah das kleine Mädchen oft; denn es war ein sehr lebhaftes Kind, das ebenso wenig an einen Ort zu fesseln war wie der Sommerwind. Die anmutige Gestalt des reizenden kleinen Wesens war das Vollkommenste, was man sich an kindlicher Schönheit denken konnte.

Das Gesicht zeichnete sich durch einen eigentümlichen träumerischen Ernst aus, das lange, flatternde, goldblonde Haar und der sinnende Ausdruck ihrer veilchenblauen, von braunen Wimpern beschatteten Augen bewogen jeden sich umzuwenden und der Kleinen nachzublicken. Wenn sie, stets weiß gekleidet, sich bewegte, schien sie auf dem Boot hin und her zu schweben, ohne sich jemals zu beschmutzen. Es gab keinen Winkel des Schiffes, in den ihr Goldköpfchen nicht mit seinen tiefblauen Augen geguckt hätte.

Der kinderliebe Tom beobachtete das kleine Geschöpf mit täglich wachsendem Interesse. Ihm erschien sie fast als ein überirdisches Wesen, und wenn ihr lockiger Kopf hinter einem Baumwollballen erschien und sie ihn ansah, glaubte er beinahe einen der Engel seines Neuen Testaments zu sehen. Sie schritt oft traurig an der Stelle vorüber, wo Haleys Sklaven gefesselt saßen, schaute sie verwirrt und betrübt an und schlich dann mit einem Seufzer hinweg. Oft auch erschien sie mit Kandiszucker, Nüssen und Orangen bei ihnen und verteilte diese Dinge voller Freude an sie.

Es dauerte lange, bis Tom die Kleine anzusprechen wagte. Er kannte eine Menge einfacher Künste, durch die man die Zuneigung von Kindern erwerben kann. Er konnte Körbchen aus Kirschkernen schnitzen, verstand aus Walnüssen komische Gesichter und aus dem Mark von Holunderbäumen possierliche Stehaufmännchen herzustellen. Die Kleine, die trotz ihrer neugierigen Teilnahme an allem, was sie umgab, doch schüchtern war, saß anfangs wie ein

Kanarienvögelchen auf einem Koffer in Toms Nähe, wenn er mit seinen kleinen Künsten beschäftigt war, und nahm die dargebotenen Gegenstände nur mit ängstlicher Verlegenheit an. Endlich aber entstand zwischen beiden ein ganz vertrautes Verhältnis.

»Wie heißt die kleine Miss?«

»Evangeline St. Clare«, erwiderte sie, »aber Papa und alle anderen nennen mich Eva. Wie heißt du?«

»Tom; die kleinen Kinder in Kentucky pflegten mich Onkel Tom zu nennen.«

»Dann will ich dich auch Onkel Tom nennen; denn du gefällst mir«, sagte Eva. »Wohin gehst du denn, Onkel Tom?«

»Ich weiß es nicht, Miss Eva. Ich soll verkauft werden, an wen, weiß ich nicht.«

»Mein Papa kann dich kaufen!«, sagte Eva lebhaft. »Und wenn er dich kauft, wird es dir gut gehen. Ich will ihn noch heute darum bitten.«

»Ich danke Ihnen, meine kleine Dame«, sagte Tom.

Das Boot hielt an einem Landeplatz, um Holz aufzunehmen, und Eva, die die Stimme ihres Vaters gehört hatte, eilte rasch fort. Tom stand auf, ging nach vorn, um seine Dienste beim Tragen des Holzes anzubieten, und war bald unter den Schiffsleuten beschäftigt.

Eva und ihr Vater standen beisammen am Geländer, um das Boot abstoßen zu sehen. Das Rad hatte sich zwei- bis dreimal im Wasser umgedreht, als die Kleine durch eine plötzliche Bewegung das Gleichgewicht verlor und

über die Bordwand ins Wasser fiel. Ehe noch der Vater reagieren konnte, sprang Tom, der gerade unter ihr im Zwischendeck gestanden hatte, hinter ihr her. Für ihn, einen breitschultrigen Mann mit starken Armen, war es eine Kleinigkeit, sich schwimmend über Wasser zu halten, bis nach ein paar Augenblicken das Kind in die Höhe kam. Er nahm es in seine Arme, schwamm an das Boot und reichte Eva den Händen, die sich ihm entgegenstreckten.

Es war ein heißer Tag, als sich der Dampfer New Orleans näherte. Auf dem unteren Deck saß Tom mit gekreuzten Armen und richtete von Zeit zu Zeit einen besorgten Blick zur anderen Seite des Schiffs. Hier stand Evangeline, ein wenig bleicher als am Tage zuvor, sonst aber ohne Spuren des gestrigen Unfalls. Ihr Vater lehnte nachlässig neben ihr

an einem Baumwollballen, eine große geöffnete Brieftasche vor sich.

»Nun, mein guter Mann, was verlangen Sie?«, sagte er zu
Haley. »Oder eher, um wie viel wollen Sie mich betrügen?«

»Wenn ich dreizehnhundert Dollar für den Burschen verlange, komme ich nur eben auf meine Kosten«, antwortete
der Händler.

»Sie armer Mann; aber Sie werden ihn mir wahrscheinlich
aus besonderer Freundschaft für diesen Preis lassen.«

»Nun, die junge Miss hier scheint auf ihn versessen zu sein;
kann man gut verstehen.«

»Oh sicher – Sie sind zu gütig. Nun, zu welchem Preis
könnten Sie sich aus christlicher Liebe herablassen, um
einer jungen Dame einen Gefallen zu tun?«

»Bedenken Sie nur selbst«, antwortete Haley, »sehen Sie
nur seine Glieder an; er ist breitschultrig und stark wie ein
Pferd. Betrachten Sie seinen Kopf. Solch hohe Stirn zeigt
stets einen klugen Nigger, den man zu allem gebrauchen
kann.«

»Das ist schlimm – sehr schlimm!«, entgegnete der junge
Gentleman mit spöttischem Lächeln. »Die gescheiten Bur-
schen entlaufen gar zu gern. Ich meine, dass Sie für seine
Klugheit ein paar hundert Dollar ablassen sollten.«

»Da ist etwas dran. Aber sein guter Ruf spricht dagegen.
Ich habe ein Empfehlungsschreiben seines früheren
Herrn, das beweist, dass er ein wirklich frommer Bursche
ist.«

»Papa, bitte, kauf ihn! Egal, was du für ihn bezahlst«, flüsterte Eva leise, indem sie auf einen Ballen stieg und den Arm um den Hals ihres Vaters schlang. »Du hast Geld genug, das weiß ich – ich will ihn haben!«

»Wozu, Kätzchen? Willst du ihn als Schaukelpferd gebrauchen oder wozu sonst?«

»Ich will ihn glücklich machen.«

»Das ist jedenfalls ein eigentümlicher Grund.«

Haley zeigte dem jungen Herrn ein von Mr Shelby ausgestelltes Zeugnis, das jener mit den Fingerspitzen nahm und flüchtig durchsah. »Da, zählen Sie Ihr Geld, Alter!«, sagte er dann und reichte ihm die Banknoten zusammengerollt hin. Haley nahm sie freudestrahlend und füllte die Verkaufspapiere aus.

»Ich möchte wissen, wie viel ich einbringen würde, wenn man mich abschätzte«, sagte St. Clare. »Soundso viel für die Form meines Kopfes, so viel für eine hohe Stirn und dann so viel für Erziehung, Bildung, Redlichkeit und Frömmigkeit. Du lieber Gott, für Letztere würde man nur wenig bezahlen. Aber komm, Eva«, fuhr er fort, nahm seine Tochter bei der Hand, ging dorthin, wo Tom saß, griff mit der Fingerspitze unter dessen Kinn und sagte freundlich: »Na, Tom, was hältst du von deinem neuen Herrn?«

Tom blickte auf. Das heitere, jugendlich schöne Gesicht des jungen Herrn musste einem einfach gefallen. Tom fühlte, wie ihm die Tränen in die Augen traten, als er mit Inbrunst sagte: »Gott segne Sie, Master!«

»Nun, ich hoffe, er wird es tun. – Verstehst du mit Pferden umzugehen, Tom?«

»Ich habe immer mit Pferden zu tun gehabt«, antwortete Tom. »Mr Shelby hat eine Menge aufgezogen.«

»Gut, ich denke, ich will dich zum Kutscher ernennen; aber unter der Bedingung, dass du dich mit Ausnahme dringender Fälle nicht mehr als einmal wöchentlich betrinkst.«

Tom sah überrascht und gekränkt aus. »Ich trinke nie, Master«, sagte er.

»So etwas hat man mir schon öfter erzählt; aber wir werden sehen. Es wird für alle Seiten besonders angenehm sein, wenn du's nicht tust. Schon gut, mein Junge«, fügte er freundlich hinzu, als er Tom immer noch mit ernster Miene sah, »ich zweifle nicht, dass du die besten Vorsätze hast.«

»Und du sollst es gut haben«, bemerkte Eva, »Papa ist sehr gut gegen alle, nur dass er sich gern über sie lustig macht.«

»Der Papa ist dir für deine Empfehlung sehr dankbar«, sagte St. Clare lachend, indem er sich entfernte.

Toms neue Herrschaft

Augustin St. Clare war der Sohn eines reichen Pflanzers in Louisiana. Als Kind hatte ihn eine ausgeprägte, so gar nicht typisch männliche Empfindsamkeit ausgezeichnet. Diese hatte sich, als er heranwuchs, hinter einer eher rauen Schale verborgen, von der nur wenige wussten, wie dünn sie war. Als ihm seine große Liebe durch die Intrigen ihres Vormunds entrissen worden war, hatte er sich verzweifelt den Ablenkungen der Gesellschaft hingegeben und war, ehe er sich's versah, der Mann einer schlanken Gestalt, eines Paars dunkler, strahlender Augen und von einhunderttausend Dollar, weshalb ihn natürlich jeder für einen glücklichen Mann hielt.

Doch Marie, die ihr Leben lang nur verwöhnt und bedient worden war, war so auf sich selbst bezogen, dass sie sich gar nicht vorstellen konnte, dass auch andere Menschen als sie selbst Ansprüche und Bedürfnisse haben könnten. Sie war überzeugt, dass Augustin St. Clare sich glücklich schätzen musste sie zur Frau zu haben und erwartete beständig Geschenke und Aufmerksamkeiten und es gab Tränen, Vorwürfe und Klagen, wenn diese ausblieben. St.

Clare war gutmütig und nachsichtig; er bemühte sich durch Geschenke und Komplimente solche Stürme zu vermeiden. Und als Marie Mutter einer wunderschönen Tochter wurde, fühlte er eine Zeit lang gar etwas wie Zärtlichkeit seiner Frau gegenüber.

Die Mutter aber sah voller Eifersucht, wie St. Clare seiner Tochter den Namen seiner geliebten Mutter gab und mit welcher Hingabe er an dem Mädchen hing, und fortan verschlechterte sich ihr Gesundheitszustand. Körperliche und geistige Untätigkeit, Langeweile und Unzufriedenheit verwandelten im Laufe weniger Jahre das blühende junge Mädchen in eine verwelkte, kränkliche Frau, die ständig an eingebildeten Krankheiten litt und sich für den unglücklichsten Menschen auf Erden hielt. Ihre Beschwerden waren mannigfaltig, aber besonders eindrucksvoll war ihre Migräne, die sie mitunter drei Tage in der Woche ans Zimmer fesselte. Das gesamte Hauswesen blieb der Dienerschaft überlassen, sodass St. Clare sein Heim alles andere als gemütlich fand. Sein Töchterchen war äußerst zart und er fürchtete, bei dem Mangel an Aufsicht und Fürsorge könnten die Gesundheit und das Leben des Kindes gefährdet sein. Er hatte sie daher auf eine Reise nach Vermont mitgenommen, hatte dort seine Kusine, Miss Ophelia St. Clare, eine zupackende und energische Frau, überredet ihn nach New Orleans zu begleiten und jetzt fuhren alle drei auf dem Dampfschiffe dorthin.

Miss Ophelia saß in ihrer Kajüte, von einer Menge großer und kleiner Reisetaschen, von Schachteln und Körben

umgeben, und schloss, umschnürte oder packte sie mit großer Sorgfalt. »Nun, Eva, hast du dir deine Sachen gemerkt?«, fragte sie. »Da sind die bunte Reisetasche und deine blaue Hutschachtel – das sind zwei Teile, dann das Schreibzeug – drei, mein Nähkistchen – vier, das Kästchen mit den Bändern – fünf, meine Kragenschachtel – sechs, der kleine Koffer – sieben. Wo hast du deinen Sonnenschirm? – Gib ihn mir; ich wickle ihn in Papier und dann binden wir ihn mit meinem Sonnenschirm und dem Regenschirm zusammen!«

»Aber warum denn, Tante, wir gehen doch nur nach Hause«, bemerkte Eva.

»Man muss seine Sachen immer gut pflegen, mein Kind. Ist dein Fingerhut gut aufgehoben?«

»Ich weiß wirklich nicht, Tante.«

»Macht nichts, ich werd mir deinen Nähkorb ansehen. – Wachs – zwei Löffel – Scheren – Messer – Stopfnadel – alles richtig. Lege ihn hier hinein! Wie bist du nur zurechtgekommen, Kind, als du allein mit deinem Vater unterwegs warst? Man sollte denken, du hättest alles verloren.«

»Ja, Tante; ich habe auch viel verloren; aber wenn wir irgendwo Aufenthalt hatten, hat mir Papa Ersatz gekauft«, sagte Eva zu ihrer Tante, die über diese Erziehungsmethode heftig den Kopf schüttelte, sich dann aber der großen, von Gepäck überquellenden Reisekiste zuwendete. Ein resoluter Sprung auf den Deckel und sie war verschlossen. Miss Ophelia drehte den Schlüssel um und steckte ihn triumphierend in die Tasche.

»Jetzt sind wir fertig. Wo ist dein Vater?«

»Er isst unten in der Herrenkajüte eine Orange.«

»Er weiß gewiss nicht, wie nahe wir der Stadt sind. Willst du nicht hinuntergehen und es ihm sagen?«

»Der Papa hat es nie so eilig«, erwiderte Eva, »und wir sind noch nicht am Landeplatz. Bitte, komm heraus an das Geländer, Tante. Schau, da die Straße hinauf, das ist unser Haus.«

Das Boot begann jetzt sich zu wenden, um zwischen dem Heer von Dampfern hindurch in den Hafen einzulaufen, und nun entstand das beim Landen übliche Durcheinander; Männer schleppten Koffer, Reisetaschen und Schachteln umher; Frauen riefen ängstlich nach ihren Kindern und alles drängte sich zum Landungssteg. Miss Ophelia setzte sich ruhig auf die Reisekiste, stellte alle ihre Habseligkeiten in schöner Ordnung auf und schien entschlossen sie bis zum letzten Augenblick zu verteidigen.

»Soll ich Ihre Kiste nehmen, Madam?« – »Darf ich für Ihr Gepäck sorgen, Missis?« Solche und ähnliche Fragen regneten unbeachtet auf Miss Ophelia herab; sie saß da wie

eine in ein Brett gesteckte Stopfnadel, hielt ihr Sonnen- und Regenschirmbündel fest und lehnte alle Angebote mit einer Entschiedenheit ab, die selbst einen Droschkenkutscher zum Schweigen gebracht hätte.

»Wo in aller Welt mag nur dein Papa stecken?«, fragte sie Eva; da kam St. Clare ruhig dahergeschlendert, gab Eva ein Viertel von der Orange, die er aß, und sagte: »Nun, Kusine Vermont, bist du bereit? Der Wagen wartet und die Menge hat sich verlaufen, sodass man an Land gehen kann, ohne gedrängt zu werden.« Dann wandte er sich an den Kutscher, der hinter ihm stand, und sagte: »Nehmt diese Sachen hier!«

»Ich will mitgehen und sehen, dass er sie ordentlich einlädt«, sagte Miss Ophelia.

»Wozu das, Kusine?«

»Nun, jedenfalls will ich dies hier – und auch das – und das tragen!«, meinte Miss Ophelia und nahm drei Schachteln und eine kleine Reisetasche.

»Meine liebe Miss Vermont«, sagte St. Clare, »du musst dich ein wenig nach den Gebräuchen des Südens richten und darfst nicht so bepackt an Land gehen. Man würde dich für eine Kammerzofe halten. Gib alles diesem Mann! Er wird die Sachen so behutsam in den Wagen legen, als ob es Eier wären.«

Miss Ophelia ließ es voller Verzweiflung geschehen, dass ihr Vetter ihr all ihre Schätze abnahm, und war hoch erfreut, als sie sie im Wagen in bester Ordnung wieder vorfand.

»Wo ist Tom?«, fragte Eva.

»Er sitzt auf dem Bock, Kind. Ich will ihn der Mutter als Versöhnungsgeschenk mitbringen. Er soll den trunksüchtigen Burschen, der den Wagen umgeworfen hat, ersetzen.«

»Oh, ich weiß, dass Tom einen ausgezeichneten Kutscher abgibt!«, rief Eva. »Tom wird sich niemals betrinken.« –

Der Wagen hielt vor einem Hause, das mit seinen vielen Pfeilern, Bögen und Ornamenten an ein Schloss aus einem orientalischen Märchenreich denken ließ. Das große viereckige Gebäude umschloss einen Hof, auf den man durch einen gewölbten Torweg fuhr. Breite Galerien liefen um die vier Seiten und in der Mitte des Hofes ergoss sich der hohe Silberstrahl eines Springbrunnens in ein Wasserbecken, dessen breiter Rand von duftenden Veilchen eingefasst war. Zwei große Orangenbäume spendeten angenehmen Schatten und auf dem Rasen standen marmorne Blumenschalen, in denen die erlesensten Tropenpflanzen blühten. Die den Hof umgebenden Galerien waren mit Vorhängen versehen, die nach Belieben zugezogen werden konnten, um die Sonnenstrahlen abzuhalten. Luxus und malerische Ausblicke, wohin man sah!

»Habe ich nicht ein wunderschönes Zuhause, Tante?«, fragte Eva jubelnd.

»Es ist ein hübsches Anwesen«, entgegnete Miss Ophelia im Aussteigen, »wenn es mir auch ein bisschen alt und wenig christlich vorkommt.«

St. Clare lächelte über die Bemerkung seiner Kusine, wandte sich dann zu Tom, der mit stiller Freude umherblickte, und fragte ihn: »Es scheint dir hier zu gefallen, Tom?«

»Ja, Master; es ist schön hier«, antwortete Tom.

Unterdessen kam eine Menge Männer, Frauen und Kinder durch die Galerien herbei, um den Master aussteigen zu sehen.

Voerneweg eilte ein schöner junger Mulatte, modisch gekleidet und in der Hand ein parfümiertes Batisttaschentuch. Gebieterisch scheuchte er die anderen dienstbaren Geister weg, sodass er als Einziger zu sehen war, als St. Clare den Kutscher bezahlt hatte und sich herumdrehte.

»Ah, Adolph, du bist es?«, redete sein Herr ihn an und reichte ihm die Hand. »Wie geht es dir, mein Sohn? – Sieh zu, dass das Gepäck gut verwahrt wird. Ich werde gleich

zu den Leuten kommen!« Mit diesen Worten führte er
Miss Ophelia in einen großen Salon mit Tür zur Veranda.
Eva war ihnen wie ein Vögelchen schon vorausgeflogen
und einer hoch gewachsenen, schwarzäugigen, blassen
Dame, die dort auf ihrem Sofa ruhte, um den Hals gefallen.
»Mama!«, rief die Kleine freudig und küsste ihre Mutter
wieder und immer wieder.

»Schon gut – nimm dich in Acht, Kind; du machst mir
Kopfschmerzen!«, wehrte Marie St. Clare ab, nachdem sie
ihr einen flüchtigen Kuss gegeben hatte.

Jetzt trat St. Clare ein, küsste seine Gattin und stellte ihr
seine Kusine vor. Marie begrüßte sie mit einer gewissen
Neugier und höflich, aber nicht besonders herzlich. Jetzt
drängte sich die Dienerschaft an die Eingangstür, allen
voran und vor Freude zitternd, eine Mulattin in mittleren
Jahren. »Oh, da ist die Mammy!«, rief Eva und flog durch
das Zimmer auf sie zu, warf sich in ihre Arme und küsste
sie herzlich. – Diese Frau sagte nicht, dass sie ihr Kopfschmerzen mache, sondern drückte sie an sich und lachte
und weinte und wusste sich vor Freude nicht zu lassen.
Sobald sich Eva von ihr losgemacht hatte, hüpfte sie zu den
andern, schüttelte allen die Hand und küsste sie zum Erstaunen und wohl auch Entsetzen ihrer Tante.

»Hallo, was gibt es hier?«, fragte St. Clare und trat aus dem
Zimmer in den Gang. »Kommt alle her, Mammy, Jimmy,
Polly und Suky – freut ihr euch den Master wieder zu
sehen?« Und er ging von einem zum andern, allen die
Hände schüttelnd. »Gebt auf die Babys Acht!«, rief er, als

er über ein pechschwarzes Mädchen, das auf allen vieren umherkroch, stolperte. »Wenn ich auf jemand trete, muss er's sagen.«

Alle lachten und der Master wurde mit Segenswünschen überhäuft, während er kleine Geldstücke unter sie verteilte. »So, jetzt geht, wie sich's für gute Burschen und Mädchen schickt!«, sagte er und die ganze Gesellschaft verschwand durch eine Tür auf die Veranda. Eva folgte und verteilte aus einem großen Korb Äpfel, Nüsse, Kandiszucker, Bänder, Spitzen und allerlei Spielzeug.

Als St. Clare zu den Damen zurückkehren wollte, fiel sein Blick auf Tom, der wie auf Kohlen stand, während Adolph, nachlässig an das Treppengeländer gelehnt, ihn durch einen Kneifer betrachtete.

»Pfui, Schlingel!«, sagte sein Herr und schlug ihm den Kneifer herab. »Ist das die Art, wie du deinen Kollegen empfängst? Übrigens scheint mir das meine Weste zu sein«, fügte er hinzu, indem er auf die elegante Satinweste deutete, die Adolph trug.

»Aber Master. Sie war voller Weinflecken. Ein Gentleman wie Sie kann so etwas doch nicht mehr tragen, höchstens noch ein armer Negerbursche wie ich.«

»Meinst du?«, sagte St. Clare. »Jetzt will ich Tom seiner Herrin vorführen, dann führst du ihn in die Küche, und – hörst du? – dass du ihn nicht hochmütig behandelst! Er ist mehr wert als zwei solcher Schlingel wie du.«

»Der Master muss immer Spaß machen«, sagte Adolph lachend.

St. Clare winkte Tom zu sich und dieser betrat das Zimmer. Wie geblendet betrachtete er die samtenen Teppiche und den Glanz der Spiegel, die Gemälde, Statuen und Vorhänge und wagte kaum den Fuß niederzusetzen.

»Sieh, Marie«, sagte St. Clare, »ich habe dir einen Kutscher gekauft, wie du ihn wünschst. Ich sage dir, er ist ein Muster an Nüchternheit. Sieh ihn an und behaupte nicht wieder, dass ich nie an dich denke, wenn ich auf der Reise bin!«

Marie richtete den Blick auf Tom. »Ich bin überzeugt, dass er sich auch betrinken wird«, sagte sie.

»Nein, er ist mir als frommer, nüchterner Mensch empfohlen.«

»Hoffen wir es wider besseres Wissen«, erwiderte die Dame.

»Dolph«, rief St. Clare, »führ Tom in die Küche und vergiss nicht, was ich dir gesagt habe!«

Adolph tänzelte elegant herbei und Tom folgte ihm schwerfälligen Schrittes.

»Er ist ein wahres Nilpferd«, sagte Marie.

»Nun, Marie«, sagte St. Clare einige Tage später am Frühstückstisch, »nun beginnen für dich goldene Zeiten. Ich habe dir unsere Kusine aus Neuengland mitgebracht, die dir deine Sorgenlast von den Schultern nehmen und dir Zeit schaffen wird, damit du dich pflegen und wieder jung und schön werden kannst. Die feierliche Schlüsselübergabe geht am besten sogleich vor sich.«

»Mir ist es Recht«, erwiderte Marie, ihren Kopf aufstützend. »Kusine Ophelia wird auch bald zu der Überzeugung gelangen, dass wir Herrinnen hier die eigentlichen Sklavinnen sind. Sage mir niemand, dass wir uns Sklaven zu unserer Bequemlichkeit halten!«

Evangeline richtete ihre großen blauen Augen erstaunt auf ihre Mutter und fragte: »Wozu hältst du sie denn, Mama?«

»Ich weiß es wahrhaftig nicht; sie bringen nichts als Ärger.«

»Marie, du bist heute wieder einmal übler Laune«, wandte St. Clare ein. »Du weißt recht gut, dass es nicht so ist. Nimm Mammy; sie ist das beste Geschöpf von der Welt – was könntest du ohne sie anfangen?«

»Mammy ist allerdings noch die Beste«, entgegnete Marie, »und doch ist auch sie entsetzlich selbstsüchtig wie alle Neger.«

»Selbstsucht ist ein großer Fehler«, bemerkte St. Clare mit Nachdruck.

»Ich halte es für selbstsüchtig von ihr«, fuhr Marie fort, »nachts so fest zu schlafen; sie weiß, dass ich sie fast stündlich brauche, und doch ist sie so schwer zu wecken. Ich fühle mich heute Morgen entschieden schlechter, weil ich mich letzte Nacht so anstrengen musste, um sie wach zu bekommen.«

»Hat sie nicht in letzter Zeit viele Nächte bei dir gewacht, Mama?«, fragte Eva.

»Woher weißt du das?«, versetzte Marie unsanft. »Sie hat sich wohl beklagt?«

»Nein, Mama, sie hat nur gesagt, du habest schlimme

Nächte gehabt«, antwortete Eva, trat leise an den Stuhl ihrer Mutter und schlang die Arme um deren Hals.

»Nun, Eva, was gibt es wieder?«, fragte Marie.

»Mama, darf ich nicht eine Nacht bei dir wachen, nur eine einzige? Ich will dich gewiss nicht wecken und auch nicht schlafen.«

»Was für eine Idee!«, wehrte Marie ab. »Du bist ein sonderbares Mädchen.«

»Darf ich, Mama? Ich glaube«, fuhr sie schüchtern fort, »dass Mammy nicht gesund ist; sie hat gesagt, dass sie in letzter Zeit so arge Kopfschmerzen habe.«

»Das ist wieder eine von Mammys Einbildungen! Wenn ihr der Kopf oder der kleine Finger ein bisschen wehtut, macht sie gleich ein Aufhebens, als wäre es Wunder was. Ich klage nie – kein Mensch weiß, was ich zu leiden habe; ich fühle, dass es meine Pflicht ist, schweigend zu dulden, und ich tue es.«

In Miss Ophelias Augen war unverhülltes Staunen über diese Rede zu erkennen, während St. Clare in lautes Gelächter ausbrach.

»Augustin lacht stets, wenn ich die leiseste Anspielung auf meine Leiden mache«, sagte Marie im Tone einer Dulderin und hielt ihr Taschentuch vor die Augen.

Natürlich trat jetzt eine peinliche Stille ein. Endlich sah St. Clare auf die Uhr und erklärte, er habe in der Stadt zu tun. Eva entfernte sich nach ihm.

Allein am Frühstückstisch, begann Marie Miss Ophelia Tausende von Einzelheiten über Geschirrschränke, Wäscheschränke, Vorratskammern und andere Dinge zu erzählen und sie gab ihr so viele Winke und Anweisungen, dass ein weniger systematisch denkender Kopf als der Ophelias von Schwindel ergriffen worden wäre.

»Und nun«, schloss Marie, »glaube ich Ihnen alles gesagt zu haben, Kusine, sodass Sie, wenn ich wieder einmal krank werde, im Stande sein werden die Wirtschaft ganz allein zu leiten.«

Tom konnte sich über seine äußere Lage nicht beklagen. Er hatte sein eigenes Kämmerchen über dem Stall, das außer dem Bett noch einen Stuhl und einen kleinen Tisch enthielt; auf Letzterem lagen seine Bibel und sein Gesangbuch.

Die kleine Eva liebte ihn so, dass sie ihren Vater gebeten hatte, dass er sie auf allen Ausgängen und Spazierritten begleiten durfte. Tom erhielt Anweisung alles andere liegen zu lassen und Miss Eva zu begleiten, wenn sie es wünschte, und diese Anweisung war ihm, wie man sich vorstellen kann, keineswegs unangenehm. St. Clare bestand darauf, dass er stets gut gekleidet war. Sein Stalldienst bestand nur in der täglichen Beaufsichtigung eines Pferdeknechts, denn Marie St. Clare behauptete, sie könne Pferdegeruch an ihm nicht vertragen. Eine einzige Nase voll unangenehmen Geruchs, so sagte sie, sei hinreichend allen ihren irdischen Prüfungen für immer ein Ende zu machen.

Kurzum, Tom ging es wirklich gut, wie Miss Eva es ihm

vorhergesagt hatte. Dennoch war begreiflicherweise sein Heimweh groß und wuchs von Tag zu Tag. Endlich bat er Miss Eva um ein Blatt Papier. Er war nämlich auf den kühnen Gedanken gekommen einen Brief zu schreiben – mithilfe aller Kenntnisse, die er durch Master Georges Unterricht gewonnen hatte. Auf einer Bank im Hofe sitzend, war er jetzt eben damit beschäftigt, auf einer Schiefertafel den ersten Entwurf zu machen, eine Arbeit, die ihm viel Kopfzerbrechen zu bereiten schien; denn an die Form mancher Buchstaben erinnerte er sich überhaupt nicht mehr, von anderen wusste er nicht, wie sie zu gebrauchen waren. Während er sich abplagte, trat Eva leise vor ihn und guckte ihm neugierig zu.

»Ach, Onkel Tom«, sagte sie, »was für ulkige Sachen malst du da?«

»Ich versuche an meine Frau und meine Kinder einen Brief zu schreiben, Miss Eva; aber ich fürchte, dass ich nicht damit zu Rande komme.«

»Ich wünschte, ich könnte dir helfen, Onkel Tom! Ich habe ein bisschen schreiben gelernt. Voriges Jahr konnte ich alle Buchstaben; aber das meiste habe ich wieder vergessen.« Damit legte Eva ihren goldlockigen Kopf dicht an seinen und beide begannen gemeinsam zu beraten; beide gleich ernst und gleich unwissend. Jedes Wort wurde sorgfältig erwogen und eingehend besprochen und dann malte Tom Buchstaben um Buchstaben auf die Tafel.

»Ja, Onkel Tom, es fängt wirklich an, ganz schön auszusehen«, sagte Eva. »Wie werden sich deine Frau und deine Kinder freuen! Ach, es ist eine Schande, dass du sie verlassen musstest! Ich will Papa bitten, dass er dich einmal zu ihnen gehen lässt.«

»Die Missis hat mir versprochen, sie will mich wiederkaufen, sobald sie das Geld zusammenbringt«, erwiderte Tom, »und ich denke, sie tut es auch. Der junge Master George will mich holen, er hat mir diesen Dollar zum Andenken mitgegeben.«

»Oh, dann kommt er sicher!«, rief Eva. »Da bin ich aber froh.«

»Nun wollte ich ihnen gern schreiben, wo ich bin und der armen Chloe sagen, dass es mir gut geht; denn sie macht sich solche Sorgen, die gute Seele!«

»Tom!«, rief St. Clare plötzlich.

Tom und Eva fuhren erschrocken auf.

»Was gibt's da?«, fragte St. Clare, indem er näher trat und auf die Schiefertafel sah.

»Das ist Onkel Toms Brief«, antwortete Eva. »Ich helfe ihm dabei. Sieht er nicht hübsch aus?«

»Ich will euch beide nicht gerade entmutigen«, sagte St. Clare, »aber vielleicht solltest du lieber mich den Brief schreiben lassen. Ich tue es, wenn ich von meinem Ausritt zurück bin.«

»Es ist sehr wichtig für ihn, Papa, dass er schreibt; denn seine Herrin will Geld herunterschicken, um ihn zurückzukaufen!«

»Gut, Tom, hole jetzt die Pferde!«, befahl St. Clare. – Noch an demselben Abend schrieb er Toms Brief an Tante Chloe und sorgte dafür, dass er richtig beim Postamt aufgegeben wurde.

Freie Männer verteidigen sich

Im Quäkerhause herrschte stille Geschäftigkeit, als der Nachmittag sich seinem Ende zuneigte. Rachel Halliday suchte für die Reisenden, die noch in dieser Nacht aufbrechen sollten, unter ihren Lebensmitteln zusammen, was möglichst wenig Raum einnahm. Die Nachmittagssonne schien in das stille, kleine Schlafzimmer, wo George und seine Frau saßen. Er hatte sein Kind auf dem Schoß und die Eheleute hielten sich bei den Händen. Beide sahen ernst und nachdenklich aus und auf ihren Wangen waren Spuren von Tränen zu erkennen.

»Ja«, sagte George, »ich weiß, dass alles, was du sagst, wahr ist. Du bist ein gutes Weib und ich will so zu handeln versuchen, wie du sagst. Ich will mich bemühen eines freien Mannes würdig zu handeln und wie ein Christ zu fühlen.«

»Und wenn wir nach Kanada kommen«, sagte Eliza, »kann ich dich unterstützen. Ich kann Kleider machen, verstehe das feine Waschen und Plätten und zusammen werden wir unseren Lebensunterhalt schon verdienen.«

In diesem Augenblick hörte man Stimmen nebenan und

bald darauf klopfte es an die Tür. Eliza sprang auf und öffnete. Auf der Schwelle stand Simeon Halliday mit einem anderen Quäker, den er als Phineas Fletcher vorstellte.

Phineas war lang und hager, hatte rote Haare und man sah seinem Gesicht an, dass er ein kluger und schlauer Mann war, der sich seines Wertes wohl bewusst war.

»Unser Freund Phineas hat etwas entdeckt, was für dich und deine Begleiter wichtig ist, George«, hob Simeon an.

»Das hab ich«, sagte Phineas, »und es beweist, wie nützlich es ist, wenn man beim Schlafen das eine Ohr offen hält. Gestern übernachtete ich in einem einsamen Wirtshause. Du erinnerst dich an den Ort, Simeon, wo wir vergangenes Jahr die Äpfel an die dicke Frau mit den großen Ohrringen verkauften. Ich war vom raschen Fahren müde und nach dem Abendessen legte ich mich auf einen Haufen Säcke in einem Winkel der Stube, zog eine Büffeldecke über mich, um zu warten, bis mein Bett fertig war, und was passiert: Ich schlief fest ein.«

»Mit einem Ohr offen, Phineas?«, bemerkte Simeon.

»Nein, ungefähr zwei Stunden lang hab ich tief und fest geschlafen, denn ich war sehr müde; als ich aber wieder munter wurde, merkte ich, dass Männer im Zimmer waren und trinkend und plaudernd um den Tisch saßen, und weil sie von Quäkern sprachen, beschloss ich zu hören, was sie vorhatten. ›Sie sind ohne Zweifel in der Quäkersiedlung‹, sagte der eine. Jetzt war ich ganz Ohr und hörte all ihre Pläne. Dieser junge Mann hier, sagten sie, solle nach Kentucky zurück zu seinem Herrn geschickt werden, der an ihm ein Exempel statuieren wolle, das alle Nigger davon abbringen würde, wegzulaufen. Seine Frau wollten sie nach New Orleans bringen, um sie dort zu verkaufen. Sie würde, meinten sie, sechzehnhundert bis achtzehnhundert Dollar einbringen. Das Kind, sagten sie, gehöre einem Händler, der es gekauft habe. Dann sprachen sie von Jim und seiner Mutter, die zu ihrem Herrn in Kentucky zurückgebracht werden sollen. Sie sagten, zwei Hilfspolizisten würden ihnen helfen die Sklaven einzufangen. Die Frau sollte vor Gericht gestellt werden, wo einer der Schurken schwören würde, dass sie sein Eigentum sei. Sie kennen genau den Weg, den wir heute Abend einschlagen wollen, und wollen uns mit sechs bis acht Mann verfolgen. Was sollen wir tun?«

»Ich weiß, was ich zu tun habe«, antwortete George, indem er seine Pistolen untersuchte.

»Jaja«, sagte Phineas zu Simeon, »du siehst, was kommt.«

»Ich sehe es«, seufzte Simeon, »ich will Gott bitten, dass er es nicht dazu kommen lässt.«

»Ich will niemand in die Sache verwickeln«, sagte George. »Wenn Sie mir einen Wagen leihen und den Weg beschreiben, fahre ich allein bis zum nächsten Stützpunkt. Jim ist riesenstark und mir gibt die Verzweiflung Mut.«

»Schon gut, Freund«, bemerkte Phineas, »aber du brauchst einen Kutscher. Kämpfen magst du ja meinetwegen alleine, darauf verstehst du dich; aber ich verstehe mich auf einige Tücken der Straße, die du nicht kennst.«

»Aber ich will Sie nicht in die Sache verwickeln«, versetzte George.

»Phineas ist ein erfahrener Mann«, sagte Simeon, »du solltest seinem Rat folgen und –«, fügte er, die Hand auf Georges Schulter legend und auf die Pistolen deutend, hinzu –, »sei nicht vorschnell mit diesen Dingern; junges Blut ist heiß.«

»Ich greife keinen Menschen an«, erwiderte George, »ich verlange von diesem Lande nichts, als dass es mich in Ruhe lässt, dann verlasse ich es friedlich; aber ich kämpfe bis zum letzten Atemzuge, ehe man mir meine Frau und meinen Sohn nimmt. Täten Sie an meiner Stelle nicht das Gleiche, Sir?«

»Ich bitte Gott, dass ich nicht in diese Lage komme«, antwortete Simeon, »ich weiß nicht, ob ich der Versuchung widerstehen würde.«

»Ich bestimmt nicht«, meinte Phineas. »Kann gut sein, Freund George, dass ich dir einen Burschen festhalte, wenn du mit ihm abrechnen willst.«

»Freund Phineas regelt die Dinge stets auf seine eigene Art«, bemerkte Rachel Halliday lächelnd, »aber wir wissen, dass er das Herz auf dem rechten Fleck trägt.«

»Ist es nicht am besten, wenn wir uns beeilen?«, fragte George. Aber Phineas sagte: »Ich bin um vier Uhr aufgestanden und bin so schnell wie möglich hergekommen. Wir haben zwei bis drei Stunden Vorsprung, wenn sie wie geplant aufbrechen. Es ist unsicher, die Reise vor Einbruch der Dunkelheit anzutreten; denn in den Dörfern vor uns gibt es schlechte Menschen, die uns Ärger machen könnten. Und das würde uns länger aufhalten, als wenn wir warten. In zwei Stunden, denke ich, dürfen wir es wagen. Ich will zu Michael Cross hinübergehen und ihn auffordern auf seinem schnellen Pferde hinter uns herzureiten und uns zu warnen, wenn sich ein Trupp Männer zeigen sollte. Ich gehe jetzt, um Jim und seiner Mutter zu sagen, dass sie sich fertig machen. Wir haben einen tüchtigen Vorsprung und gute Aussicht den Stützpunkt zu erreichen, ehe sie uns einholen. Sei also guten Mutes, Freund George; es ist nicht die erste Klemme, aus der ich Leute in deiner Lage geholt habe.« – Mit diesen Worten verließ Phineas das Zimmer.

»Phineas ist klug«, sagte Simeon, »er wird das Beste tun, was sich für dich tun lässt, George!« – »Und nun, Mutter«, fügte er hinzu, indem er sich an Rachel wandte, »beeil dich

mit den Essensvorbereitungen; denn wir dürfen unsere
Freunde nicht mit nüchternem Magen fortschicken!«
Während Rachel kochte und buk, saßen George und seine
Gattin in ihrem kleinen Zimmer und redeten, wie es Ehe-
leute zu tun pflegen, die wissen, dass sie in wenigen Stun-
den vielleicht auf ewig getrennt sein werden.

Bald nach dem Abendessen hielt ein großer, verdeckter
Wagen vor der Tür. Die Nacht war sternenklar und Phineas sprang flink von seinem Sitze, um seine Passagiere
einsteigen zu lassen. George trat mit seiner Frau an einer
und Harry an der anderen Hand heraus. Sein Schritt war
fest, er sah ruhig und entschlossen aus. Rachel und Simeon
folgten ihnen.
»Steigt einen Augenblick aus«, sagte Phineas zu denen, die
bereits im Wagen saßen, »damit ich für die Frauen und den
Kleinen Sitzplätze herrichte!«
»Hier sind die beiden Büffeldecken«, bemerkte Rachel.
Jim stieg zuerst heraus und hob seine alte Mutter, die sich
ängstlich umblickte, vorsichtig herab.
»Sind deine Pistolen in Ordnung und bist du entschlossen
sie notfalls zu gebrauchen?«, fragte George ihn leise.
»Ja, gewiss; denkst du, dass ich mir meine Mutter wieder
nehmen lassen werde?«
Während dieses kurzen Gesprächs hatte Eliza von Rachel
Abschied genommen und war mit dem kleinen Harry in
den Wagen gestiegen. Hierauf wurde die alte Negerin
hineingehoben und endlich nahmen George und Jim auf

einer harten Bank und Phineas auf dem Kutschbock ihre Plätze ein.

»Lebt wohl, Freunde!«, rief Simeon.

»Gott segne euch!«, antworteten alle und der Wagen rollte davon.

Die Unebenheit des Weges und das Geräusch der Räder ließen kein Gespräch aufkommen. Der Wagen fuhr durch lange, dunkle Waldstrecken, über öde Ebenen, bergauf und bergab, stundenlang, immer weiter und weiter. Das Kind schlief bald ein; die ängstliche Alte vergaß ihre Befürchtungen und selbst Eliza konnte trotz ihrer Angst gegen Ende der Nacht ihre Augen nicht mehr offen halten. Phineas vertrieb sich die Zeit mit dem Pfeifen von Liedern, die man bei einem Quäker nicht vermutet hätte.

Gegen drei Uhr vernahm George eilige Hufschläge und berührte Phineas mit dem Ellbogen. Phineas hielt an und horchte. »Das muss Michael sein«, sagte er, »ich glaube, ich erkenne den Hufschlag seines Pferdes.« Er stand auf und blickte aufmerksam die Straße entlang. Jetzt nahm man die undeutliche Gestalt eines Reiters, der in großer Eile zu sein schien, auf einer Anhöhe wahr.

»Ich glaube, er ist es«, sagte Phineas. George und Jim sprangen aus dem Wagen und alle drei standen schweigend auf der Straße, bis der erwartete Bote herankam.

»Bist du's, Phineas?«, rief der Reiter. »Sie kommen dicht hinter mir, acht bis zehn Mann.« Er sprach noch, als der Wind das noch leise Geräusch galoppierender Reiter zu ihnen herantrug.

»Steigt ein, steigt ein, Burschen!«, rief Phineas. »Wenn es zum Kampf kommt, ist es besser, ich bringe euch noch ein Stück weiter!« Beide sprangen wieder auf den Wagen auf, und Phineas trieb die Pferde zu schnellerem Galopp an, während sich Michael dicht neben ihnen hielt. Der Wagen flog rasselnd über den gefrorenen Boden dahin; aber immer deutlicher tönte der Lärm der Verfolger herüber. Eliza drückte ihr Kind fester an sich; die Alte betete; George und Jim hielten ihre Pistolen krampfhaft umfasst. Die Verfolger näherten sich schnell, der Wagen machte eine scharfe Wendung und hielt plötzlich in der Nähe eines steil überhängenden Felsens, der sich auf einer großen, völlig kahlen Fläche erhob. Phineas kannte diese Stelle aus früheren Tagen und er hatte jetzt seine Pferde so scharf angetrieben, um sie zu erreichen.

»Jetzt gilt's«, rief er und sprang zu Boden. »Kommt augenblicklich heraus und mit mir hinauf in die Felsen! Michael, binde dein Pferd an den Wagen, fahre zu Amaria und bringe ihn mit seinen Söhnen hierher!«

Im Nu waren alle ausgestiegen und eilten dem Felsen zu, während Michael rasch davonfuhr. »Hierher!«, rief Phineas, als sie die Felsen erreichten und in der Dämmerung die Spuren eines unebenen, nach oben führenden Fußpfades wahrnahmen. »Hier haben wir uns früher auf der Jagd oft versteckt; kommt hinauf!« Mit diesen Worten sprang Phineas mit dem Knaben auf dem Arme behänd wie eine Ziege die Felsen hinauf. Hinter ihm kam Jim, der seine zitternde Mutter auf dem Rücken trug; George und Eliza bildeten den Schluss. Während unten die Verfolger von ihren Pferden sprangen, um ihnen zu folgen, gelangten die Flüchtenden an eine Stelle, wo der Pfad in eine schmale Schlucht einbog, nur breit genug für eine Person, bis sie endlich an eine mehr als drei Fuß breite Spalte kamen. Auf der anderen Seite lag eine dreißig Fuß hohe Felsmasse mit steil abfallenden Seitenwänden wie bei einer Burg. Phineas sprang leichtfüßig über den Abgrund und setzte den Knaben nieder.

»Kommt herüber!«, rief er. »Springt! Es gilt euer Leben!« Und die Übrigen sprangen ihm nach. Sie suchten Schutz hinter einigen Steintrümmern, die ihre Stellung vor den Blicken ihrer Verfolger verbarg.

»Jetzt mögen sie uns holen. Wer hierher gelangen will, muss einzeln und im Bereich eurer Pistolen zwischen diesen beiden Felsen hindurch«, sagte Phineas.

Die Gruppe der Verfolger, die jetzt in der Morgendämmerung sichtbar wurde, bestand aus Loker und Marks sowie zwei Hilfspolizisten und vier Taugenichtsen, denen es

Spaß machte, beim Einfangen einer Negerbande Beistand zu leisten.

»Hier sind sie hinauf«, sagte Loker, »ich stimme dafür, sie zu verfolgen.«

»Aber, Loker, sie könnten hinter dem Felsen hervor auf uns feuern«, versetzte Marks, »und das wäre kein guter Spaß.«

»Pfui«, antwortete Loker mit spöttischem Lächeln, »Ihr wollt nur immer Eure Haut schonen, Marks. Es ist völlig ungefährlich; die Nigger sind viel zu feige.«

»Ich sehe nicht ein, weshalb ich nicht auf meine Haut bedacht sein sollte«, versetzte Marks, »es ist die beste, die ich habe.«

Jetzt erschien George auf einem Felsen über ihnen und rief laut: »Ihr Herren dort unten, wer seid ihr und was wollt ihr?«

»Wir suchen eine Bande entlaufener Nigger«, antwortete Loker, »einen gewissen George Harris und Eliza Harris mit ihrem Sohne, ferner Jim Selden und seine Mutter. Wir haben Polizisten und einen Haftbefehl bei uns. Bist du nicht George, der Mr Harris in Shelby Country gehört?«

»Ich bin George, ein Mr Harris hat mich sein Eigentum genannt; jetzt aber bin ich ein freier Mann. Jim Selden ist auch hier. Wir haben Waffen, um uns zu verteidigen. Kommt herauf, wenn ihr wollt; aber der Erste, der in den Bereich unserer Kugeln kommt, ist ein toter Mann und der Nächste und dann wieder der Nächste auch bis zum Letzten.«

»Nicht doch«, sagte ein Mann, der jetzt vortrat. »Junger Mann, Ihr habt kein Recht so zu reden. Ihr seht, dass wir Gesetzeshüter sind. Das Gesetz ist auf unserer Seite und für euch ist es das Beste, euch friedlich zu ergeben.«

»Wir werden für unsere Freiheit kämpfen bis zum letzten Atemzuge!«, rief George und erhob die Hand zum Himmel, als wolle er dessen Beistand erflehen.

Für einen Moment waren die Verfolger beeindruckt. Nur Marks spannte bedächtig seine Pistole und feuerte sie in die Stille hinein auf George ab. »Tot oder lebendig, wir bekommen in Kentucky für ihn dasselbe«, sagte er gelassen und wischte die rauchende Waffe am Rockärmel ab.

George sprang zurück und Eliza stieß einen Schrei aus – die Kugel war dicht an seinem Kopf vorbeigeflogen. »Es ist nichts, Eliza«, sagte er.

»Du tust besser dich nicht so offen hinzustellen, wenn du große Reden hältst«, bemerkte Phineas.

»Nun, Jim«, sagte George, »sieh zu, ob deine Pistolen in Ordnung sind! Ich feure auf den Ersten, der sich zeigt; du nimmst den Zweiten. Du weißt, dass wir nicht zwei Schüsse an einen verschwenden dürfen.«

»Und wenn du nicht triffst?«

»Ich werde treffen«, antwortete George kaltblütig.

Die Verfolger blieben einen Augenblick unentschlossen stehen. »Ich glaube, Ihr habt einen getroffen«, sagte einer der Männer, »ich habe einen Schrei gehört.«

»Ich geh jetzt rauf«, versetzte Loker, »ich fürchte mich nicht vor Niggern. Wer folgt mir?« Mit diesen Worten sprang er den Felsen hinauf. George hörte die Worte deutlich und hob seine Pistole und zielte auf die Stelle, wo der Erste erscheinen musste. Einer der mutigsten seiner Begleiter folgte Loker, und nachdem auf diese Weise der Anfang gemacht war, begannen alle den Felsen hochzuklettern. Im nächsten Augenblick wurde Lokers riesenhafte Gestalt am Rande der Felsspalte sichtbar. George feuerte – die Kugel traf Loker in die Seite; aber trotz seiner Verwundung wollte er nicht zurück, sondern sprang mit einem Gebrüll gleich dem eines wütenden Stieres über den Abgrund, mitten unter unsere Freunde.

»Mann«, sagte Phineas, indem er ihn mit einem Stoße seiner langen Arme begrüßte, »wir brauchen dich hier nicht.« Loker stürzte prasselnd durch die Büsche und über die lockeren Steine in den Abgrund, wo er stöhnend liegen blieb. Der Sturz hätte ihn getötet, wenn nicht seine Kleider an den Ästen eines Baumes hängen geblieben wären und die Wucht des Aufpralls gemäßigt hätten.

»Gott steh uns bei! Das sind wahre Teufel«, rief Marks aus und trat den Rückzug an und alle Übrigen eilten ihm Hals über Kopf nach. »Hört, Kinder«, sagte Marks, »geht und hebt Loker auf, während ich Hilfe hole.« Und ohne auf das höhnische Geschrei seiner Gefährten zu achten, sprengte er im Galopp davon.

»Hat man je einen solchen Feigling gesehen?«, rief einer der Männer. »Erst führt er uns her und dann lässt er uns im Stich!« Nun kletterten sie über Felsen und Gestrüpp zu der Stelle, wo Loker wimmernd lag; sie hoben ihn auf und

zwei Mann führten ihn an sein Pferd. »Wenn ihr mich nur eine Meile weit zurück zu jener Schenke bringen könntet«, ächzte Loker. »Gebt mir ein Taschentuch, um es in die Wunde zu stopfen und das Blut zu stillen!«
George blickte über die Felsen und sah, wie die Männer versuchten Loker in den Sattel zu heben; aber der Verwundete schwankte und fiel wieder herunter.

»Ich will hoffen, dass er nicht tot ist«, sagte Eliza.

»Warum nicht?«, entgegnete Phineas. »Es geschieht ihm ganz recht.«

»Weil nach dem Tode das Gericht kommt«, antwortete sie.

»Ja«, sagte die Alte, die unaufhörlich gebetet hatte, »es steht traurig um die Seele des armen Menschen!«

»Ich glaube wahrhaftig, sie verlassen ihn«, sagte Phineas. Und so war es auch; denn nach kurzer Beratung stieg die ganze Bande aufs Pferd und ritt davon.

»Jetzt müssen wir hinabsteigen und ein Stück weit gehen«, riet Phineas, »ich habe Michael den Auftrag erteilt mit dem Wagen hierher zu kommen; wir müssen ihm entgegengehen. Gebe der Herr, dass er bald kommt.« Als sie hinunterkamen, bemerkten sie schon den Wagen, der auf der Straße zurückkam, und Phineas rief freudig aus:

»Da kommt Michael mit Stephen und Amaria! Jetzt sind wir gerettet.«

»Dann wollen wir etwas für jenen armen Mann tun«, meinte Eliza, »er stöhnt entsetzlich.«

»Das ist nicht mehr als christlich«, sagte George, »wir wollen ihn aufheben und mitnehmen.«

»Und ihn unter den Quäkern wieder zusammendoktern«, fügte Phineas hinzu. »Das ist gut! Nun, wollen wir ihn einmal ansehn!«

Und damit kniete er bei dem Verwundeten nieder und fing an ihn sorgfältig zu untersuchen.

»Marks«, sagte Loker mit schwacher Stimme, »seid Ihr es, Marks?«

»Das glaube ich kaum, mein Freund«, versetzte Phineas. »Marks hat seine eigene Haut in Sicherheit gebracht.«

»Mit mir ist's aus!«, stöhnte Loker. »Meine alte Mutter hat mir immer gesagt, dass es so kommen werde.«

»Sachte, sachte, nimm dich zusammen, Freund!«, sagte Phineas, als Loker zusammenzuckend seine Hand zurückstieß. »Du hast keine Aussicht am Leben zu bleiben, wenn ich die Blutung nicht stille!«

»Ihr habt mich dort hinabgestürzt!«, stöhnte Loker mit matter Stimme.

»Nun, Freund, hätte ich es nicht getan, hättest du uns hinabgestürzt«, erwiderte Phineas, während er sich bückte, um den Verband anzulegen. »Halt still, Alter, und lass mich diese Binde befestigen! Wir haben nichts Böses im Sinne. Du sollst in ein Haus gebracht und gepflegt werden.«

Loker stöhnte und schloss die Augen, der riesenhafte Mensch sah in seiner Hilflosigkeit wahrhaft bemitleidenswert aus.

Jetzt kam auch Michael mit seinen Begleitern heran; die Sitze wurden aus dem Wagen genommen, die Büffeldecken der Länge nach ausgebreitet und vier Männer hoben Loker mit Mühe hinein. Ehe er noch hinaufgelangte, wurde er ohnmächtig. Die alte Negerin setzte sich auf den Boden des Wagens nieder und nahm voller Mitgefühl den Kopf des Verwundeten in den Schoß. Eliza, George und Jim teilten sich, so gut sie konnten, den restlichen Platz auf dem Wagen und die Gesellschaft brach auf.

»Was halten Sie von ihm?«, fragte George, der neben Phineas saß.

»Es ist nichts als eine Fleischwunde; aber das Herabstürzen hat ihm nicht gut getan. Er wird davonkommen und vielleicht manches dadurch lernen. Wir nehmen ihn mit zu Amaria. Die alte Großmutter Stephens ist eine vortreffliche Krankenwärterin, die sich nie wohler fühlt, als wenn sie einen Kranken zu pflegen hat.«

Eine Fahrt von einer Stunde brachte die Gesellschaft an ein Farmhaus, wo die müden Reisenden mit einem reichlichen Frühstück empfangen wurden. Loker war bald in ein Bett gelegt, seine Wunde wurde sorgfältig verbunden und er öffnete und schloss die Augen, matt wie ein erschöpftes Kind.

Neues aus Kentucky

Es war an einem Spätnachmittag im Sommer. Mr Shelby rauchte im großen Salon eine Zigarre. Seine Frau, mit einer Näharbeit beschäftigt, saß an der Tür zur Veranda und hatte offensichtlich etwas auf dem Herzen. »Weißt du«, fragte sie schließlich, »dass Chloe einen Brief von Tom erhalten hat?«

»Ach, wirklich? Wie geht es dem alten Jungen?«

»Er ist, wie es scheint, von einer großzügigen Familie gekauft worden, wird gut behandelt und hat nicht viel zu tun.«

»Nun, das freut mich sehr. Tom wird sich wohl an den Aufenthalt im Süden gewöhnen und gar nicht wieder hierher kommen wollen.«

»Im Gegenteil; er erkundigt sich sehr dringend danach, wann das Geld aufgebracht sein wird, um ihn freizukaufen.«

»Ich weiß es wahrhaftig nicht«, erwiderte Mr Shelby. »Wenn die Geschäfte einmal anfangen schlecht zu gehen, scheint es gar nicht aufzuhören. Man gerät von einem Sumpf in den andern, borgt von einem, um einen andern zu bezahlen, und fühlt sich ständig wie ein gehetzter Hund.«

»Ich meine doch, dass sich etwas tun ließe, lieber Mann. Wie wäre es, wenn wir eines deiner Güter verkauften?«, fragte Mrs Shelby.

»Lächerlich, Emily! Du bist die beste Frau in Kentucky; aber von Geschäften verstehst du nichts.«

Mrs Shelby schwieg. Sie hatte die feste Absicht ihr Versprechen Tom und Chloe gegenüber zu halten und seufzte, weil dies immer schwieriger zu werden schien. Nach einer Weile sagte sie: »Meinst du nicht, dass wir irgendwie Geld aufbringen können? Die arme Chloe! Es liegt ihr so viel daran.«

»Es tut mir Leid, Emily. Mein Versprechen war vorschnell. Am besten sagen wir es ihr. Tom wird sicher in absehbarer Zeit eine andere Frau nehmen und sie sollte sich auch nach jemand anderem umsehen.«

»Ich«, antwortete Mrs Shelby, »kann nicht anders, ich muss mein Versprechen halten. Wenn sich das Geld nicht anders aufbringen lässt, will ich Musikunterricht geben und es selbst verdienen.«

»Du willst dich doch nicht so weit erniedrigen, Emily?«

»Erniedrigen? Erniedrigt es mich nicht tiefer, wenn ich mein Versprechen breche?«

Das Gespräch wurde durch Tante Chloe unterbrochen. »Oh Missis«, rief sie, »wenn die Missis nur herkommen und das Geflügel ansehen wollte.«

Mrs Shelby ging zu ihr und lächelte, als sie die Hühner und

Enten am Boden liegen sah, die Chloe mit ernster Miene betrachtete.

»Ich möchte wissen, ob die Missis diese hier als Geflügelpastete wünscht«, sagte Chloe.

»Das ist mir gleichgültig, Tante Chloe; bringe sie auf den Tisch, wie du willst.«

Aber Chloe blieb unentschlossen; sie hatte offenbar etwas auf dem Herzen. Endlich sagte sie: »Du lieber Gott, Missis, warum wollen sich der Master und die Missis wegen des Geldes die Köpfe zerbrechen und nicht an das Naheliegende denken?«

»Ich verstehe dich nicht, Chloe«, erwiderte Mrs Shelby.

»Ach du lieber Gott, Missis, andere Leute vermieten ihre Neger und verdienen Geld damit.«

»Nun, Chloe, wen schlägst du vor, sollen wir vermieten?«

»Ich schlage nichts vor, Missis; aber Sam hat gesagt, dass ein Perditor in Louisville eine gute Pastetenbäckerin braucht und dass er vier Dollar die Woche bezahlen will.«

»Nun, Tante Chloe?«

»Nun, ich denke, es ist Zeit, dass Sally schon lange genug bei mir in der Lehre ist und fast so gut kocht und backt wie ich, und wenn die Missis mich gehen ließe, würde ich das Geld aufbringen helfen. Ich fürchte mich nicht meine Kuchen und Pasteten neben die eines Perditors zu stellen.«

»Konditor, meinst du, Chloe.«

»Du lieber Himmel, Missis, darauf kommt es doch nicht an; Worte sind oft so seltsam, dass ich sie nicht richtig behalten kann.«

»Aber, Chloe, willst du denn deine Kinder verlassen?«
»Ach, Missis, die Jungen sind groß genug, um zu arbeiten! Sie werden ganz gut auskommen und Sally übernimmt das Kleine – Polly ist ein so kluges Kind, dass es nicht viel Aufsicht nötig hat.«
»Louisville liegt weit von hier, Chloe.«
»Davor fürchte ich mich nicht; ich weiß, es liegt flussabwärts, vielleicht gar in der Nähe meines Alten?«, fragte Chloe.
»Es ist noch viele hundert Meilen davon entfernt«, erwiderte Mrs Shelby und Chloes Gesicht wurde merklich länger. Als aber Mrs Shelby sagte: »Ja, du darfst gehen und dein Lohn soll bis auf den letzten Cent für die Freikaufung deines Mannes zurückgelegt werden«, erhellte es sich augenblicklich.

»Oh Gott, wenn das nicht ein Zeichen der besonderen Güte der Missis ist!«, rief sie aus. »Ich brauche keine Kleider und Schuhe und gar nichts; ich kann jeden Cent zurücklegen. – Wie viele Wochen gibt es im Jahr, Missis?«

»Zweiundfünfzig«, antwortete Mrs Shelby.

»Wirklich! Und vier Dollar für jede! Wie viele sind das wohl?«

»Zweihundertundacht Dollar«, erwiderte Mrs Shelby.

»So viel!«, rief Chloe. »Und wie lange brauche ich, um genügend zusammenzuhaben, Missis?«

»Vier bis fünf Jahre, Chloe; aber es soll nicht so lange dauern; ich werde etwas dazulegen.«

»Sam hat gesagt«, fuhr Chloe fort, »dass er mit Fohlen flussabwärts muss und dass ich ihn begleiten kann; ich will gleich meine Sachen zusammenpacken. Wenn die Missis erlaubt, gehe ich morgen früh mit Sam. Ob mir die Missis wohl eine Empfehlung schreiben würde?«

»Das will ich tun, Chloe, wenn Mr Shelby nichts dagegen hat«, antwortete Mrs Shelby und Tante Chloe begab sich erfreut in ihre Hütte, um ihre Vorbereitungen zu treffen.

»Sie wissen bestimmt noch nicht, Master George, dass ich morgen nach Louisville gehe?«, sagte sie zu George, als dieser in ihre Hütte trat, wo sie gerade die Kleider ihrer Jüngsten sortierte. »Ich bekomme wöchentlich vier Dollar und die Missis will das Geld aufheben, um meinen Alten freizukaufen.«

»Wirklich?«, rief George. »Du willst gehen?«

»Morgen mit Sam. Und nun, Master George, sind Sie

sicher so gut sich hinzusetzen und an meinen Alten zu schreiben, um ihm die ganze Sache zu erzählen – nicht wahr?«

»Gewiss«, erwiderte George. »Onkel Tom wird sich freuen von uns zu hören. Ich hole gleich Papier und Tinte.«

»Ja, Master George; gehen Sie. Ich mache Ihnen unterdessen ein Hühnchen zurecht. Sie werden nicht mehr oft bei Ihrer alten Tante zu Abend essen.«

Am Pontchartrain-See

Aus dem in Sonntagsschrift geschriebenen und reich verzierten Brief, der ihn nach einiger Zeit erreichte, erfuhr Onkel Tom, dass Tante Chloe an einen Konditor in Louisville vermietet worden sei, wo sie durch Pastetenbacken große Geldsummen verdiene, die zurückgelegt werden sollten, um das Geld für seine Befreiung aufzubringen. Moses und Peter gehe es gut und das Baby trotte unter Sallys Obhut im ganzen Hause umher. Im Übrigen enthielt das Schreiben die Namen der vier Füllen, die seit Toms Abreise auf dem Gute zur Welt gekommen waren, und die Mitteilung, dass es Georges Vater und Mutter gut gehe.

Obgleich der Stil des Briefes nicht anders als knapp und bündig genannt werden kann, erschien er Onkel Tom als das bedeutendste literarische Werk der Neuzeit und er wurde nicht müde ihn zu betrachten. Mit Miss Eva beriet er, ob man ihn nicht einrahmen und in seinem Zimmer an die Wand hängen könnte. Nur die Schwierigkeit, die Sache so einzurichten, dass Vorder- und Rückseite gleichzeitig zu sehen waren, stand dieser löblichen Absicht im Wege.

Die Freundschaft zwischen Tom und Eva war immer fester geworden, je mehr das Kind heranwuchs. Der treue Diener liebte seine kleine Herrin und verehrte sie fast wie ein himmlisches Wesen. Seine höchste Freude war es, ihre tausend kleinen Wünsche zu erfüllen. Morgens auf dem Markte waren seine Augen stets auf die Blumenstände gerichtet, um die ausgefallensten Sträuße für sie zu suchen, und er brachte ihr immer die schönsten Pfirsiche und Orangen mit. Eva war nicht weniger eifrig, wenn es galt, Tom eine Freude zu machen, und die größte Freude machte sie ihm, wenn sie aus der Bibel vorlas. Die majestätischen, oft nur halb verstandenen Worte dieses Buches hinterließen auch bei dem Mädchen selbst einen tiefen Eindruck.

Im heißen Sommer verlegte die Familie St. Clare ihren Wohnsitz aus New Orleans in eine prächtige Villa am Pontchartrain-See. Hier saßen eines Sonntagabends Onkel Tom und das Mädchen auf einer Moosbank im Garten am Seeufer. Eva hatte die Bibel aufgeschlagen auf ihren Knien, und als sie ein Stück gelesen hatte, stimmte Tom ein Kirchenlied an, in dem die Rede war von Engeln, die den Gläubigen heim ins neue Jerusalem geleiten werden. »Wo, meinst du, ist das neue Jerusalem, Onkel Tom?«, fragte Eva. »Droben in den Wolken, Miss Eva.«

»Dann ist es mir, als ob ich es sähe«, sagte Eva, »schau jene Wolken an, sie sehen aus wie große Tore aus Perlen und du kannst hindurchsehen; – weit, weit hinten ist alles Gold. Dorthin werde ich gehen.«

»Wohin, Miss Eva?«

Das Kind stand auf und deutete mit seiner kleinen Hand nach dem Himmel. Die Glut der Abendröte übergoss ihr goldenes Haar und ihre rosigen Wangen mit einem Strahlenkranze und ihr Blick war ernst auf den Himmel gerichtet. »Ich gehe dorthin«, sagte sie, »ich gehe bald!«

Diese Worte versetzten dem alten treuen Tom einen Stich ins Herz und er dachte daran, wie er in letzter Zeit oft bemerkt hatte, dass Evas Händchen magerer, ihre Haut durchsichtiger wurde, wenn sie im Garten umherlief. »Eva – Eva! Der Tau fällt. Kind, du darfst nicht so lange im Freien bleiben!«, rief Miss Ophelia. – Und Eva und Tom eilten ins Haus.

Miss Ophelia war in der Krankenpflege wohl erfahren und kannte nur zu gut die Anzeichen der tückischen Krankheit, die so viele dahinraffte. Sie hatte den trockenen Husten, die täglich hohler werdenden Wangen Evas bemerkt und versucht dem Vater nahe zu bringen, was sie befürchtete. Dieser aber hatte ihre Andeutungen gereizt von sich gewiesen und alles auf Evas Wachstum geschoben. Doch beobachtete er Eva nun beinahe Tag und Nacht, sich immer wieder einredend, dass es dem Kind gut gehe, ohne aber seine Sorgen verdrängen zu können.

Um diese Zeit kam St. Clares Zwillingsbruder Alfred mit seinem ältesten Sohne, einem zwölfjährigen Knaben, auf einige Tage zu der Familie am See zum Besuch. Henrique war ein schöner, schwarzäugiger Knabe voll Leben und schien vom ersten Augenblick ihrer Bekanntschaft an von seiner Kusine Evangeline bezaubert zu sein. Eines Nachmittags brachte Tom Evas kleines, schneeweißes Pony vor

die Veranda, während ein Mulattenknabe einen kleinen arabischen Rappen für Henrique herbeiführte.

»Dodo, du fauler Schlingel, du hast ja mein Pferd nicht gestriegelt!«, fuhr Henrique den Jungen an.

»Oh doch, Master«, sagte Dodo unterwürfig, »das Pferd hat –«.

»Schweig!«, unterbrach ihn Henrique, indem er seine Reitpeitsche drohend erhob.

»Master Henrique«, begann der Mulattenknabe nochmals; doch Henrique schlug ihn mit der Reitpeitsche ins Gesicht.

»Unverschämter Hund«, rief er, »wirst du endlich lernen nicht nach Ausreden zu suchen? Führ das Pferd zurück und mach es sauber!«

»Junger Master«, sagte Tom, »er hat sagen wollen, dass sich das Pferd gewälzt hat, als er es aus dem Stall brachte. Es ist so lebhaft. Ich habe gesehen, wie er es gestriegelt hat.«

»Du hältst deinen Mund, bis du gefragt wirst!«, rief Henrique und wandte sich zu Eva um, die in Reitkleidung dabeistand. »Liebe Kusine, es tut mir Leid, dass du wegen dieses dummen Burschen warten musst. Aber – was fehlt dir? Du siehst betrübt aus.«

»Wie konntest du so grausam gegen den armen Dodo sein?«, fragte Eva.

»Grausam?«, wiederholte Henrique. »Wie meinst du das, liebe Eva?«

»Nenn mich nicht liebe Eva, wenn du so etwas tust!«

»Liebe Kusine, du kennst Dodo nicht. Er muss so behandelt werden; er lügt wie gedruckt.«

»Aber Onkel Tom hat gesagt, dass Dodo nichts dafür konnte, und der sagt nie die Unwahrheit.«

»Dann ist er ein ungewöhnlicher Nigger«, versetzte Henrique. »Dodo lügt, sobald er den Mund aufmacht.«

»Du zwingst ihn zum Lügner zu werden, wenn du ihn so behandelst«, entgegnete Eva. »Du hast ihn geschlagen, und das hat er nicht verdient.«

»Ein paar Hiebe schaden bei Dodo nie«, entgegnete Henrique, »aber ich will ihn in deiner Gegenwart nicht wieder schlagen, wenn es dir unangenehm ist.«

Jetzt erschien Dodo wieder mit dem Rappen.

»Nun, Dodo, diesmal hast du deine Sache recht gut gemacht«, sagte Henrique gnädig. »Komm, halte Miss Evas Pferd, während ich sie in den Sattel hebe!«

Eva beugte sich vom Pferd herab zu Dodo und sagte, als er ihr den Zügel reichte: »Du bist ein guter Junge, Dodo; ich danke dir.«

Dodo blickte erstaunt in das liebe Gesicht und ihm schossen Tränen in die Augen. »Komm her, Dodo!«, rief sein Herr gebieterisch. »Hier hast du fünf Cent, kaufe dir etwas dafür!«

Henrique galoppierte hinter Eva die Allee hinab. Dodo blickte ihnen nach. Sein junger Master hatte ihm Geld geschenkt, Miss Eva aber ein freundliches Wort, und das war ihm mehr wert.

Die beiden Brüder St. Clare saßen beim Würfelspiel auf der Veranda, als Henrique und Eva von ihrem Spazierritt heimkehrten. »Da kommen die Kinder!«, rief Augustin und erhob sich. »Sieh her, Alfred, hast du jemals etwas Schöneres gesehen?«

Es war wirklich ein schöner Anblick. Henrique mit kühner Stirn, mit dunklen Locken und glühenden Wangen beugte sich zu seiner hübschen Kusine herüber, als sie unter heiterem Lachen herankamen. Eva trug ein blaues Reitkleid und eine Mütze von derselben Farbe. Die Bewegung hatte ihren Wangen größere Frische verliehen, die die Schönheit ihrer durchsichtigen Haut und ihres goldenen Haares noch unterstrich.

»Liebste Eva, du bist doch nicht zu sehr ermüdet?«, fragte ihr Vater, indem er sie aus dem Sattel hob.

»Nein, Papa«, antwortete das Kind; aber ihr kurzer, stoßweiser Atem erschreckte den Vater.

»Wie konntest du nur so schnell reiten, Kind! Du weißt, das tut dir nicht gut.«

»Es hat solchen Spaß gemacht, dass ich nicht daran gedacht habe.«

St. Clare trug sie auf den Armen ins Zimmer und legte sie auf sein Sofa. »Henrique, du musst auf Eva Rücksicht nehmen«, sagte er, »du darfst nicht so schnell mit ihr reiten.«

»Ich werde sie unter meine Obhut nehmen«, antwortete Henrique, indem er sich an das Sofa setzte und Evas Hand ergriff. Eva fühlte sich bald viel besser, ihr Vater und ihr Onkel kehrten zu ihrem Spiel zurück und die Kinder blieben allein beisammen.

»Weißt du, Eva«, sagte Henrique, »es tut mir Leid, dass der Papa nur zwei Tage hier bleiben will und dass ich dich dann so lange nicht wieder sehen soll. Wenn ich bei dir wäre, würde ich versuchen gut zu sein und nicht auf den armen Dodo zu schimpfen.«

Zwei Tage später reisten Alfred und Henrique St. Clare ab. Eva hatte sich in der Gesellschaft ihres Vetters mehr angestrengt, als es ihren Kräften gut tat. Nun wurde sie rasch schwächer. St. Clare musste einen Arzt rufen, wovor er sich bisher gescheut hatte, weil er Angst hatte die schmerzliche Wahrheit zu erfahren. Noch einmal stellte sich eine Verbesserung ihres Zustands ein, die ihren Vater wieder hoffen ließ. Miss Ophelia und der Arzt ließen sich aber nicht täuschen und auch Eva selbst wusste, wie es um sie stand. Wenn sie mit Tom in der Bibel las, sprach sie oft ganz ohne Angst vom Tod und davon, wie gern sie sterben

würde, wenn sie damit das Elend der armen und unglück-
lichen Sklaven lindern könnte.

»Es wird nichts nützen, dass wir beten Miss Eva hier zu
behalten«, sagte Tom nach einer solchen Begegnung zu
Mammy, »sie hat das Zeichen des Herrn auf der Stirn.«

»Jaja«, antwortete Mammy, »ich hab es immer gesagt, sie
war nie wie ein Kind, das am Leben bleiben soll. In ihren
Augen hat immer etwas Himmlisches gelegen. Wie oft hab
ich es der Missis gesagt. – Das liebe, kleine Lämmchen!«

Während dieser Unterhaltung trippelte Eva die Veranda-
stufen zu ihrem Vater hinauf, der sie gerufen hatte, um ihr
eine kleine Statue zu zeigen, die er ihr mitgebracht hatte.
Aber als seine Tochter dann vor ihm stand, so wunder-
schön und zugleich so zerbrechlich, schloss er sie unver-
mittelt in seine Arme und vergaß fast, warum er sie gerufen
hatte. »Liebe Eva, du fühlst dich jetzt wohler, nicht
wahr?«, war alles, was er hervorbrachte.

»Papa«, erwiderte sie, »ich habe dir etwas zu sagen, worüber ich schon lange mit dir sprechen wollte; ich möchte
es dir jetzt sagen, ehe ich noch schwächer werde.« Mit
diesen Worten setzte sie sich auf ihres Vaters Schoß und
legte den Kopf an seine Brust.

»Es nützt nichts, Papa, wenn ich es noch länger für mich
behalte«, fuhr sie schluchzend fort, »die Zeit kommt, wo
ich dich verlassen muss und nie mehr wiederkommen
werde.«

»Meine liebe, kleine Eva«, sagte St. Clare und ein Schauder
durchrieselte ihn, »du darfst dich nicht so trüben Gedan-

ken hingeben. Sieh her, ich habe dir diese kleine Figur gekauft!«

»Nein, Papa«, sagte Eva, indem sie die Statue vorsichtig absetzte, »mach dir nichts vor! Es geht mir nicht besser und ich werde euch bald verlassen. Ich habe keine Angst und ich sehne mich danach, zu gehen.«

»Ei, liebes Kind, was hat dein armes Herzchen so betrübt gemacht?«

»Es gibt hier vieles, was mich traurig macht.«

»Und was macht dich traurig, liebe Eva?«

»Ich bin traurig wegen unserer armen Leute; sie lieben mich herzlich und sind alle gut gegen mich. Ich wollte, sie wären alle frei, Papa.«

»Denkst du nicht, dass es ihnen bei uns gut geht?«

»Jetzt wohl; aber was würde aus ihnen, wenn dir ein Unglück zustieße? Es gibt nur wenige Menschen wie dich, Papa. Versprich mir, lieber Papa, dass du Tom die Freiheit schenkst, sobald ich – gestorben bin.«

»Ja, Kind; ich will alles tun, worum du mich bittest!«, sagte St. Clare.

»Lieber Papa«, sagte Eva und legte ihre glühende Wange an die seine, »wie schön es wäre, wenn wir zusammen gehen könnten.«

»Wohin, mein Liebes?«, fragte St. Clare.

»Zum Haus unseres Heilands, es ist dort so schön und friedlich. Möchtest du nicht dorthin, Papa?«

Evas Schlafzimmer war sehr geräumig. Man konnte aus ihm auf die Veranda hinaustreten und es hatte einen Ausblick zum See. Der Vater hatte bei der Einrichtung an nichts gespart. Feine Vorhänge aus rosafarbenem und weißem Stoff hingen vor den Fenstern, die Teppiche mit Rosenmuster waren eigens nach seinen Vorstellungen in Paris bestellt worden. Bett, Stühle und Sofa waren aus Bambus in anmutigen Formen angefertigt. Über dem Kopfende des Bettes befand sich ein schöner Engel mit gesenkten Flügeln und mit einem Myrtenkranze in den Händen. In der Mitte des Zimmers stand ein leichter Bambustisch und darauf eine Marmorvase in Form einer Lilie, die immer mit einem frischen Blumenstrauß gefüllt war. Auf diesem Tische lagen auch Evas Bücher und Schmucksachen. Auf dem Marmorsims des Kamins standen eine schöne Figur von Jesus, wie er die Kindlein zu sich kommen lässt, und weitere Blumenvasen. An den Wänden hingen sorgfältig ausgesuchte Bilder. Wohin man auch blickte, alles in diesem Zimmer strahlte Schönheit und Frieden aus.

Die trügerische Kraft, die Eva eine Zeit lang aufrecht erhalten hatte, verschwand schnell; seltener und immer seltener hörte man ihren leichten Schritt auf der Veranda und immer häufiger sah man sie auf einem kleinen Sofa am offenen Fenster, den Blick auf den glänzenden Wasserspiegel des Sees gerichtet. Dort lag sie auch eines Tages, während ihre Mutter neben ihr saß.

»Mama«, sagte Eva, »ich möchte mir einen Teil meiner Haare abschneiden lassen.«

»Weshalb?«, fragte Marie.

»Ich will sie meinen Freunden schenken, solange ich noch im Stande bin sie selbst auszuteilen. Bitte, rufe die Tante, damit sie mir die Haare abschneide!« Als Ophelia eintrat, richtete sich das Kind aus seinen Kissen halb empor und sagte scherzend: »Komm, Tantchen, schere das Schaf!«

»Was soll das heißen?«, fragte St. Clare, der gerade mit einigen Früchten hereinkam.

»Ich will mir von der Tante ein paar Locken abschneiden lassen, Papa. Ich möchte sie verschenken.«

»Sieh dich vor, Kusine, dass du Eva nicht entstellst!«, bat St. Clare. »Schneide die Locken unten weg, wo man es nicht bemerkt. Du weißt, die Locken sind mein Stolz und ich möchte, dass sie hübsch aussehen, wenn Eva und ich demnächst Onkel Alfred und Vetter Henrique besuchen.«

»Papa, ich besuche niemanden mehr, ich gehe in ein besseres Land; glaub mir. Siehst du nicht, dass ich mit jedem Tag schwächer werde?«

St. Clare schwieg und betrachtete wehmütig die langen,

schönen Locken, die dem Kinde in den Schoß gelegt wurden. Er hatte sich neben Eva gesetzt, die ihr schmales Händchen auf seinen Arm legte und ihn bat: »Papa, ich möchte alle unsere Leute beisammen sehen. Ich muss ihnen noch einiges sagen.«

»Nun gut!«, sagte St. Clare traurig, aber gefasst.

Die Dienerschaft versammelte sich bald darauf im Zimmer. Eva lag in ihren Kissen; das Haar hing ihr lose um das Gesicht. Lange und ernsthaft blickte sie alle einzeln an. Alle zeigten Trauer und Besorgnis, viele der Frauen verbargen das Gesicht hinter ihrer Schürze.

»Ich habe euch rufen lassen«, sagte Eva, »weil ich euch lieb habe. Ich werde euch bald verlassen; aber weil ich euch alle lieb habe, möchte ich euch etwas schenken, was euch an mich erinnert, wenn ich nicht mehr bei euch bin. Ich will jedem von euch eine Locke meines Haares geben, und wenn ihr sie anseht, so denkt, dass ich euch geliebt habe und in den Himmel gegangen bin und dass ich mir wünsche, dass ihr alle so christlich lebt und so fest an unseren Herrn Jesus glaubt, dass ich euch dort eines Tages wieder sehe.«

Es ist unmöglich, die Szene zu beschreiben, wie die Leute sich weinend um Eva drängten und das letzte Zeichen ihrer Liebe aus ihren Händen empfingen. Sie fielen auf die Knie, schluchzten, beteten und küssten den Saum ihres Kleides. Jeden, der seine Gabe empfangen hatte, schickte Miss Ophelia aus dem Zimmer, weil sie sich Sorgen machte, Evas Zustand könnte sich durch die Aufregung verschlimmern.

Endlich hatten sich alle bis auf Tom und Mammy wieder entfernt.

»Hier, Onkel Tom, ist eine schöne Locke für dich«, fuhr Eva fort, »es macht mich so glücklich, dass ich dich im Himmel wieder sehen werde und auch dich, Mammy, liebe, gute Mammy!«, sagte sie und schlang die Arme liebevoll um ihr altes Kindermädchen. »Ich weiß, dass auch du hinkommen wirst.«

»Oh, Miss Eva, ich kann nicht ohne Sie leben!«, rief das treue Geschöpf und brach in Tränen aus. Dann gingen auch diese beiden schweigend hinaus und Miss Ophelia schloss die Tür.

St. Clare hatte die ganze Zeit über unbeweglich dagesessen, das Gesicht mit beiden Händen bedeckt. »Du hast mir keine Locke gegeben, liebe Eva«, sagte er jetzt mit wehmütigem Lächeln.

»Sie gehören alle dir, Papa«, antwortete sie mit heiterem Gesicht, »dir und der Mama und du musst der lieben Tante so viele geben, wie sie haben mag. Ich habe sie unsern armen Leuten nur deshalb selbst gegeben, weil sie vergessen werden könnten, wenn ich fort bin, und weil ich hoffe, dass es ihnen helfen könnte, sich an mich zu erinnern.«

Von jetzt an wurde Eva täglich kränker; der Ausgang ihres Leidens ließ sich nicht mehr bezweifeln; selbst die zärtlichste Hoffnung konnte sich nicht mehr täuschen lassen. Onkel Tom war häufig in ihrem Zimmer. Sie war sehr unruhig und empfand es als Erleichterung, wenn sie umhergetragen wurde. Ihr diesen Dienst zu leisten war Toms größte Freude. Die kleine, zarte Gestalt ruhte dann auf einem Kissen und Tom trug sie bald im Zimmer auf und ab, bald auf die Veranda, und wenn die frische Brise vom See herüberwehte, ging er zuweilen mit ihr unter den Orangenbäumen im Garten umher oder setzte sich mit ihr auf einen ihrer Lieblingsplätze und sang die Lieder, die sie so gern hörte.

Die ganze Zeit über war sie heiter und ruhig, sie fühlte keinen Schmerz, nur eine sanfte Schwäche, die täglich fast unmerklich zunahm. Dann schlief sie für immer ein.

An einem einsamen Plätzchen im Garten, dort an der Rasenbank, wo Eva und Tom so häufig miteinander geplaudert, gesungen und gelesen hatten, begrub man sie.

Wieder vereint

*W*enige Tage nach Evas Bestattung zog die Familie St. Clare wieder in die Stadt. Mit dem Wechsel der Umgebung hoffte Augustin seine Gedanken von dem Schmerz und der Leere in seinem Herzen abzulenken. Er ging geschäftig in den Straßen umher und Leute, die ihn dort oder im Kaffeehause trafen, erkannten seinen Verlust nur am Trauerflor um seinen Hut; denn er lächelte und plauderte und las die Zeitung, sprach von Politik und kümmerte sich um geschäftliche Angelegenheiten. Wer sah schon, dass die ganze lächelnde Außenseite nur eine hohle Schale war, hinter der sich Trostlosigkeit verbarg?

In vieler Hinsicht war St. Clare jedoch ein anderer Mensch geworden. Er las ernst und aufmerksam die Bibel seiner kleinen Eva und sprach mit Onkel Tom über Glaubensfragen. Er dachte über sein Verhältnis zu seiner Dienerschaft nach. Insbesondere leitete er sofort nach seiner Rückkehr nach New Orleans rechtliche Schritte für Toms Freilassung ein, die erfolgen sollte, wenn die notwendigen Formalitäten erledigt waren. Mittlerweile gewann er Tom mit jedem Tag lieber. In der weiten Welt gab es nichts, was ihn mehr als dieser an Eva erinnerte, und er bestand darauf, ihn fortwährend um sich zu haben. Wer den Ausdruck der Liebe und Ergebenheit sah, mit dem Tom seinem jungen Herrn beständig folgte, konnte sich hierüber auch kaum wundern.

»Nun, Tom«, sagte St. Clare eines Tages, »ich will dich zu einem freien Mann machen; pack also deinen Koffer und rüste dich zum Aufbruch nach Kentucky!«

In Toms Gesicht blitzte ein Freudenstrahl auf. Er hob seine Hände zum Himmel auf und sagte jubelnd: »Gott sei gelobt!« St. Clare war nicht gerade begeistert, dass Tom so leicht bereit war ihn zu verlassen, und er sagte trocken: »Du hast es hier nicht so schlecht gehabt, dass du Ursache hättest dich so sehr zu freuen, Tom!«

»Nein, Master – das ist es nicht! Dass ich ein *freier* Mann werde, das ist es, worüber ich mich freue.«

»Ei, Tom, meinst du nicht, dass du es jetzt besser hast, als wenn du frei bist?«

»Nein, gewiss nicht, Master St. Clare«, erwiderte Tom.

»Du kannst dir doch mit deiner Arbeit nicht solche Kleider und ein solches Leben verdienen, wie du es bei mir genießt.«

»Das weiß ich wohl, Master St. Clare. Der Master ist nur zu gut gewesen; aber ich will lieber einfache Kleider, ein einfaches Haus und alles Einfache haben, wenn es mein ist, als das Beste, wenn ich es von einem andern erhalte. Ich denke, das ist ganz natürlich, Master.«

»Vermutlich, Tom, und in ein paar Monaten wirst du fortgehen und mich verlassen«, fügte er unzufrieden hinzu.

»Nicht, solange der Master in Not ist«, sagte Tom.

»Nicht, solange ich in Not bin, Tom?«, fragte St. Clare, traurig aus dem Fenster blickend. »Und wann wird meine Not vorüber sein?«

»Wenn Master St. Clare ein Christ ist«, antwortete Tom.

»Und du willst wirklich bei mir bleiben, bis dieser Tag kommt?«, fragte St. Clare und legte lächelnd seine Hand auf Toms Schulter. »Du gute, treue Seele, bis dahin will ich dich nicht zurückhalten. Geh heim zu Frau und Kindern und grüße sie von mir.«

»Ich habe den Glauben, dass der Tag kommen wird«, sagte Tom ernsthaft und mit Tränen in den Augen. »Der Herr hat Arbeit für den Master.«

»Arbeit? Nun, Tom, lass hören, was für Arbeit Gott für mich hat!«

»Selbst ein armer Bursche wie ich hat Arbeit vom Herrn«, antwortete Tom, »und Master St. Clare, der Bildung, Reichtum und Freunde besitzt – wie viel könnte er für den Herrn tun!«

Am Abend nach dieser Unterredung war St. Clare während der Mahlzeit zerstreut und nachdenklich; nach dem Tee kehrte er mit Marie und Miss Ophelia beinahe stumm in das Wohnzimmer zurück. Marie legte sich auf ein Ruhebett unter einem seidenen Moskitonetz und sank bald in tiefen Schlaf. Miss Ophelia beschäftigte sich schweigend mit ihrem Strickstrumpf, St. Clare setzte sich an den Flügel und begann eine sanfte, wehmütige Melodie zu spielen.

Nach einiger Zeit nahm er ein altes Notenheft aus einer Schublade und fing an darin zu blättern. »Hier«, sagte er zu Ophelia, »dies ist eines von den Büchern meiner Mutter und das ist ihre Handschrift. Dieses Stück hat sie nach Mozarts Requiem eingerichtet. Es sind Worte, die sie oft sang, und es ist mir, als ob ich sie noch jetzt hörte.«
Er schlug einige majestätische Akkorde an und begann das erhabene lateinische *Dies irae* zu singen. Tom wurde durch die Töne an die Tür gelockt, wo er lauschend stehen blieb. Natürlich verstand er die Worte nicht; aber die Musik und die Art des Gesangs machten einen starken Eindruck auf ihn.
Als der Gesang zu Ende war, saß St. Clare, den Kopf auf die Hand gestützt, einige Augenblicke da. Dann brach die ganze Unzufriedenheit mit seinem Leben aus ihm heraus.

Er sprach davon, wie Eva und Tom ihn gelehrt hatten, dass es für einen Christen nicht genug war, nichts Böses zu tun und darauf zu vertrauen, dass andere zupackten, sondern dass man sich selbst für das Gute einsetzen muss. Er sprach von der Ungerechtigkeit der Sklaverei. Dann schwieg er für einige Minuten und sein Gesicht bekam einen verträumten, melancholischen Ausdruck.

»Ich weiß nicht, was mich heute Abend so sehr auf den Gedanken an meine selige Mutter bringt«, sagte er endlich, »ich habe das seltsame Gefühl, als sei sie mir nahe.«

Noch einige Minuten ging er schweigend im Zimmer hin und her und sagte dann: »Ich will noch einige Augenblicke auf die Straße gehen und hören, was es Neues gibt.«

Er nahm den Hut und verließ das Haus. Als Tom fragte, ob er ihn begleiten solle, antwortete er freundlich: »Nein, mein Junge; ich bin in einer Stunde wieder zurück.«

Tom setzte sich auf der Veranda nieder. Es war ein schöner mondheller Abend und Tom dachte an seine Heimat und daran, dass er nun bald als freier Mann nach Kentucky zurückkehren könne. Er fühlte die Muskeln in seinen starken Armen und dachte daran, wie sie bald ihm selbst gehören und wie viel er mit ihnen tun könnte, um seiner Familie die Freiheit zu kaufen. Er dachte auch an seinen edlen jungen Herrn und betete für ihn; dann gingen seine Gedanken zu Eva über, die er sich nun als Engel vorstellte. Unter solchen Träumereien schlief er ein und es war ihm, als ob Eva mit einem Jasminzweige im Haar, mit geröteten Wangen und vor Freude strahlenden Augen auf ihn zuspringe. Während er aber noch hinsah, schien sie sich vom Boden zu erheben, ein Heiligenschein umgab ihr Haupt und sie entschwand seinen Blicken. –

Lautes Klopfen an der Tür und der Schall vieler Stimmen weckten Tom. Er eilte zu öffnen und mit schweren Schritten traten mehrere Männer herein, die einen Fensterladen als Bahre trugen. Darauf lag, in einen Mantel gehüllt, ein Körper. Das Licht der Lampe fiel auf das Gesicht und Tom stieß einen Schrei der Verzweiflung aus, der durch das ganze Haus widerhallte. Die Männer trugen ihre Last in das Wohnzimmer, wo Miss Ophelia noch mit Stricken beschäftigt saß.

St. Clare war in ein Kaffeehaus gegangen, um eine Abendzeitung zu lesen. In der Gaststube hatte sich zwischen zwei Betrunkenen ein Streit erhoben. St. Clare und einige andere Herren machten den Versuch die Kämpfenden zu trennen und dabei erhielt er mit einem Messer einen Stich in die Seite.

Das Haus war voll Geschrei und Wehklagen. Alles rannte verzweifelt hin und her und jammerte. Marie hatte einen hysterischen Anfall. Nur Tom und Miss Ophelia bewahrten ihre Geistesgegenwart. St. Clare war vor Schmerz und Blutverlust in Ohnmacht gesunken; als Miss Ophelia jedoch Belebungsversuche anstellte, kam er wieder zu sich, schlug die Augen auf und ließ den Blick im Zimmer umherschweifen, bis er endlich auf dem Bilde seiner Mutter ruhte.

Jetzt kam der Arzt und untersuchte ihn; seine Miene ließ

nur zu deutlich erkennen, dass es keine Hoffnung gab; aber er verband die Wunde unter Miss Ophelias und Toms Beistand und unter dem Schluchzen und Jammern der Dienerschaft, die sich um die Türen und Fenster der Veranda drängte.

»Wir müssen die Leute fortschicken«, sagte der Arzt, »es hängt alles davon ab, dass der Verwundete seine Ruhe hat.«

St. Clare öffnete die Augen und blickte starr auf die bekümmerten Leute. »Die armen Geschöpfe!«, seufzte er. Nach einiger Zeit legte er seine Hand auf die Toms, der neben ihm kniete, und sagte: »Tom! Armer Bursche!«

»Ja, Master?«, sagte Tom ernst.

»Ich sterbe«, sagte St. Clare und drückte ihm die Hand. »Bete, Tom!«

Und Tom betete mit aller Kraft und Inbrunst für die Seele, die die Erde verlassen sollte, für die Seele, die so wehmütig aus den großen blauen Augen aufblickte. Als Tom zu sprechen aufhörte, streckte St. Clare die Hand aus, ergriff die seine und blickte ihn ernst und schweigend an; dann schloss er die Augen, aber seine Lippen bewegten sich von Zeit zu Zeit.

»Er phantasiert!«, sagte der Arzt.

»Nein! Er geht heim! Endlich!«, sagte St. Clare laut und vernehmlich.

Das Begräbnis mit allem Prunk ging vorüber, der Alltag kehrte zurück und mit ihm die stetige bittere Frage »Was ist jetzt zu tun?«. – Sie stellte sich für Marie, sie stellte sich für Miss Ophelia, die es wieder in ihre Heimat im Norden drängte, sie stellte sich für die Sklaven und jagte ihnen Schrecken ein, da sie den gefühllosen Charakter der Herrin, in deren Händen sie zurückblieben, nur zu gut kannten.

»Weißt du, Tom, dass wir alle verkauft werden?«, fragte Adolph.

»Wo hast du das gehört?«

»Ich habe mich hinter den Vorhängen versteckt, als die Missis mit dem Notar sprach. In wenigen Tagen werden wir alle zur Auktion geschickt.«

»Gottes Wille geschehe!«, sagte Tom mit tiefem Seufzer und wendete sich ab. Sein Herz war übervoll; die Hoffnung auf Freiheit, der Gedanke an seine fernen Lieben erhoben sich vor seiner Seele. Er unterdrückte die bitteren Tränen und versuchte zu beten und je öfter er sagte »Dein Wille geschehe!«, desto schwerer fiel es ihm. Er suchte Miss Ophelia auf, die ihn stets mit achtungsvoller Güte behandelt hatte.

»Miss Ophelia«, sagte er, »Master St. Clare hat mir die Freiheit versprochen; er hat alles dazu in die Wege geleitet, und wenn Sie jetzt vielleicht so gut sein wollten mit der Missis darüber zu sprechen, wäre sie vielleicht bereit Master St. Clares Willen zu erfüllen.«

»Ich will für dich sprechen, Tom«, erwiderte Miss Ophelia, »wenn es aber von Mrs St. Clare abhängt, kann ich nicht viel für dich hoffen.« –

Marie lag auf einem Ruhebette, während eine ihrer Dienerinnen Proben von dünnen, schwarzen Stoffen vor ihr ausbreitete.

»Der ist schön«, sagte Marie, »ich weiß nur nicht, ob er für Trauerkleidung passend ist.«

»Gott, Missis«, erwiderte die Sklavin glatt, »die Generalin Derbennon hat nach dem Tode des Generals genau diesen gewählt. Er trägt sich sehr gut.«

»Was sagen Sie dazu, Kusine?«, fragte Marie die eintretende Miss Ophelia.

»Das ist wohl Geschmackssache«, antwortete diese, »Sie können das besser beurteilen als ich.«

»Nun«, sagte Marie, »ich habe überhaupt nichts anzuziehen, und da ich das Haus aufgebe und nächste Woche fortgehe, muss ich mich für etwas entscheiden.«

»Gehen Sie schon so bald?«

»Ja, St. Clares Bruder hat geschrieben, es sei am besten, die Dienerschaft und die Möbel so bald wie möglich zu versteigern.«

»Ich möchte mit Ihnen über eine Sache sprechen«, sagte

Miss Ophelia. »Augustin hat Tom die Freiheit versprochen und die gesetzlichen Schritte eingeleitet; ich hoffe, dass Sie Ihren Einfluss anwenden, um das Verfahren zu Ende zu bringen.«

»Das werde ich sicher nicht tun«, entgegnete Marie scharf. »Tom ist einer der wertvollsten Sklaven und außerdem, wozu braucht er überhaupt die Freiheit? – Er ist so weit besser daran.«

»Aber sein Herr hat sie ihm versprochen«, wiederholte Miss Ophelia. »Es war ein Versprechen, das er der lieben, kleinen Eva auf ihrem Sterbebett gegeben hat, und ich hätte nicht geglaubt, dass Sie sich für berechtigt halten es unbeachtet zu lassen.«

Marie begann zu schluchzen. »Gegen mich sind auch alle!«, seufzte sie. »Die Menschen sind so rücksichtslos; ich hätte nicht erwartet, dass Sie mich an all mein Unglück erinnern. Es ist zu rücksichtslos! Ich hatte nur eine einzige Tochter und sie wurde mir genommen. Ich hatte einen Gatten und auch ihn musste ich verlieren! Und Sie scheinen so wenig Gefühl für mich zu haben, dass es mich überwältigt! Ich glaube wohl, dass Sie es gut meinen; aber es ist sehr rücksichtslos!«

Und Marie stöhnte und rief Mammy, die das Fenster öffnen, ihr den Kopf baden und ihr das Kleid aufhaken sollte. Und in der allgemeinen Verwirrung, die jetzt erfolgte, stahl sich Miss Ophelia hinweg in ihr Zimmer. Sie sah ein, dass es zwecklos sei, noch ein Wort über die Sache zu verlieren, und tat daher das Beste, was sich für Tom tun ließ; sie schrieb einen Brief an Mrs Shelby, worin sie ihr von Toms Notlage berichtete und sie bat ihm zu helfen.

Am folgenden Tage wurden Tom, Adolph und noch ein halbes Dutzend andere dem Händler zur Versteigerung übergeben.

Die Freiheit

*H*ier müssen wir Tom für eine Weile seinem Schicksal überlassen, um die Geschichte von George und Eliza weiterzuverfolgen.

Mr Loker lag stöhnend in einem reinlichen Quäkerbett unter der mütterlichen Pflege der Tante Dorcas, die an ihm einen ebenso geduldigen Patienten fand, wie es ein kranker Büffel gewesen wäre. »Teufel«, schrie Loker und warf die Bettdecken von sich.

»Ich muss dich bitten, Thomas, kein solches Wort zu gebrauchen«, sagte Tante Dorcas, während sie das Bett ruhig wieder in Ordnung brachte.

»Nun, ich will's nicht wieder tun, Mütterchen, wenn ich's lassen kann«, antwortete Loker, »aber es ist hier so verdammt heiß, dass man einfach fluchen muss.«

Tante Dorcas nahm eine der wollenen Decken vom Bett ab, strich die zurückgebliebene wieder glatt und stopfte sie unter, bis Loker wie die Puppe einer Raupe aussah. Dabei sagte sie: »Ich wünschte, Freund Thomas, dass du vom Fluchen abließest und über dein Leben nachdächtest.«

»Was zum Teufel«, rief Loker, »sollte ich daran denken?

Das wäre das Letzte, worüber ich nachdenken möchte!«
Damit drehte er sich um und brachte alles wieder in Unordnung. – »Der Bursche und das Mädchen sind wahrscheinlich hier«, sagte er nach einer Pause mürrisch.

»Allerdings!«, antwortete Dorcas.

»Sie sollten sich zum See aufmachen, und zwar je eher, desto besser. Und hören Sie, Mütterchen, wir haben Helfer in Sandusky, die die Dampfboote überwachen. Ich mache mir jetzt nichts mehr daraus und hoffe, dass sie durchkommen; wäre es auch nur, um Marks eins auszuwischen! Was aber das Mädchen betrifft – sehen Sie zu, dass man sie verkleidet. Die Leute in Sandusky haben eine genaue Beschreibung von ihr.«

»Wir werden das berücksichtigen«, erwiderte Dorcas. –
Weil wir jetzt von Mr Tom Loker Abschied nehmen müssen, wollen wir noch hinzufügen, dass er drei Wochen lang unter Tante Dorcas' Pflege in dem Quäkerhause lag und dann als ein etwas ruhigerer Mensch das Bett verließ. Das Sklavenfangen vertauschte er hinfort mit dem Leben in einer neuen Ansiedlung und entwickelte dort seine Talente im Fallenstellen für Bären, Wölfe und andere Bewohner des Waldes. Von den Quäkern sprach er stets mit Ehrerbietung. »Ganz nette Leutchen«, pflegte er zu sagen, »sie haben mich bekehren wollen, das brachten sie freilich doch nicht fertig, aber sie behandeln einen Kranken ausgezeichnet, das lässt sich nicht leugnen, und überdies bereiten sie die besten Suppen und die schmackhaftesten Leckerbissen.«

Infolge Lokers Mitteilung, dass die Flüchtlinge in Sandusky erwartet würden, hielt man es für das Klügste, die Gruppe zu teilen. Jim wurde mit seiner alten Mutter vorausgeschickt und einige Tage darauf fuhren George und Eliza mit ihrem Kinde heimlich nach Sandusky, wo sie gastliche Aufnahme fanden, bis sie als letzte Etappe auf ihrem Weg in die Freiheit über den See setzen konnten.

»Nun muss es sein«, sagte Eliza am frühen Morgen, während sie vor dem Spiegel stand und ihr reiches schwarzes Lockenhaar schüttelte. »Ist es nicht schade, dass alles herunter muss, George?«

George lächelte wehmütig, antwortete aber nicht und Eliza wandte sich wieder dem Spiegel zu; die Schere blitzte und eine lange Locke nach der anderen wurde vom Kopfe getrennt.

»So, das wird genug sein! Bin ich nicht ein hübscher junger Bursche?«, fragte sie und drehte sich lachend und errötend zu ihrem Gatten um.

»Ja, wirklich!«, sagte George, indem er sie bewundernd betrachtete. »Du bist ein hübscher, kleiner Bursche. Die kurzen Locken stehen dir vortrefflich. Setz deine Mütze auf! So – ein wenig auf die Seite! Ich habe dich nie so hübsch gesehen. Aber es wird Zeit. Ich möchte wissen, ob Mrs Smith unsern Harry fertig hat.«

Die Tür öffnete sich und eine Frau von mittleren Jahren trat ein, an der Hand den kleinen Harry in Mädchenkleidern. »Was für ein hübsches Mädchen!«, sagte Eliza. »Wir wollen ihn Harriet nennen.«

Das Kind betrachtete nachdenklich seine Mutter in ihrer neuen, sonderbaren Kleidung. »Kennt Harry seine Mama?«, fragte Eliza und reichte ihm die Hand. Der Knabe schmiegte sich schüchtern an sie.

»Komm, Eliza! Weshalb versuchst du ihn an dich zu locken, obwohl du weißt, dass man ihn nicht in deiner Nähe sehen darf?«

»Ich weiß, dass es dumm ist«, erwiderte Eliza, »aber ich kann's nicht ertragen, dass er sich von mir abwendet. Aber wo ist mein Mantel? – Hier. – Wie legen Männer ihren Mantel um, George?«

»Du musst ihn so tragen«, belehrte ihr Gatte sie und warf ihr den Mantel über die Schultern.

»So also?«, entgegnete Eliza, die Bewegung nachahmend. »Und diese Handschuhe! Gott sei mir gnädig! Meine Hände verschwinden ja ganz darin.«

»Ich rate dir sie immer anzubehalten«, sagte George, »dein

schmales Händchen könnte alles verraten. – Nun, Mrs Smith«, wandte er sich an diese, »Sie reisen also unter unserer Obhut und als unsere Tante, denken Sie daran.«

»Ich habe gehört«, erwiderte Mrs Smith, »dass alle Fährbootkapitäne vor einem Mann mit seiner Frau und ihrem kleinen Knaben gewarnt worden sind.«

»So«, versetzte George, »nun, wenn wir solche Leute sehen, wollen wir sie darauf aufmerksam machen.«

Jetzt fuhr eine Mietkutsche vor und die freundliche Familie, die die Flüchtlinge aufgenommen hatte, drängte sich mit Abschiedsgrüßen um sie.

Die Verkleidung hatte man infolge der Hinweise Lokers gewählt. Mrs Smith, eine achtbare Frau aus der Siedlung in Kanada, zu der ihre Flucht führte, war glücklicherweise eben im Begriff über den See dorthin zurückzukehren und hatte eingewilligt als Tante des kleinen Harry zu gelten. Um ihn mehr an sie zu fesseln, hatte man ihn die letzten Tage unter ihrer alleinigen Obhut gelassen und Liebkosungen, Kuchen und Kandiszucker hatten in dem jungen Herrn eine sehr innige Zuneigung zu ihr geweckt.

Die Kutsche fuhr zum Hafen. Die beiden jungen Männer – George und Eliza – gingen über den Landungssteg an Bord, wobei Eliza höflich Mrs Smith den Arm reichte und George das Gepäck beaufsichtigte.

Als er im Kapitänsbüro für die Überfahrt bezahlte, sagte ein Mitglied der Besatzung neben ihm: »Ich habe jeden, der an Bord gekommen ist, scharf beobachtet und weiß, dass sie nicht auf diesem Schiff sind.« Die Worte waren an Mr

Marks gerichtet, der nach Sandusky gekommen war, um seine Beute zu suchen. – Die Hand, mit der George die Billetts in Empfang nahm, zitterte ein wenig; aber er wendete sich kaltblütig um, warf unbemerkt einen Blick auf das Gesicht des Sprechers und ging dann ruhig zu dem Teil des Schiffs, wo Eliza ihn erwartete. Mrs Smith und der kleine Harry suchten die Damenkajüte auf, wo die dunkle Schönheit des kleinen Mädchens, das man in Harry vermutete, die Passagiere zu allerlei schmeichelnden Bemerkungen veranlasste.

Als die Glocke zur Abfahrt ertönte, sah George, wie Mr Marks ans Ufer zurückkehrte, und stieß, sobald das Boot weit genug vom Land entfernt war, einen tiefen Seufzer der Erleichterung aus.

Es war ein prächtiger Tag; die Stunden verstrichen und endlich zeigte sich deutlich die kanadische Küste des Sees. George und seine Frau standen Arm in Arm beisammen, als das Schiff sich der kleinen Stadt Amherstberg näherte. Die Glocke läutete – das Schiff legte an. George suchte sein Gepäck zusammen und ging mit seiner kleinen Gesellschaft von Bord. Sie blieben stehen, bis das Schiff wieder abgefahren war; dann knieten George und Eliza mit ihrem erstaunten Kinde in den Armen unter Tränen und Umarmungen nieder und sprachen ein Dankgebet. Mrs Smith führte ihre Schützlinge in das gastliche Haus eines Missionars. Hier waren wenige Tage zuvor auch Jim und seine alte Mutter glücklich gelandet. George fand bald in der Werkstätte eines tüchtigen Maschinenbauers in Montreal

Beschäftigung und verdiente genug, um den Lebensunterhalt seiner Familie, die sich noch um ein Töchterchen vergrößerte, zu bestreiten. Der kleine Harry aber, der zu einem hübschen, munteren Burschen aufwuchs, wurde in eine gute Schule geschickt und machte dort schnelle Fortschritte.

Fünf Jahre später lodert im Kamin eines netten Häuschens in einer der Vorstädte Montreals ein munteres Feuer. Ein Teetisch mit schneeweißem Tischtuch ist für das Abendessen gedeckt. In einer Ecke des Zimmers steht ein grün bezogener Tisch, auf dem Schreibzeug und Papier liegen; ein mit Büchern gefülltes Regal hängt darüber.
Das ist Georges Studierstube. Der Eifer, mit dem er sich einst gegen alle Widerstände und Schwierigkeiten das Lesen und Schreiben beigebracht hat, treibt ihn immer noch an seine ganze Freizeit der Selbstausbildung zu widmen.

Gerade jetzt sitzt er hier mit einem Buch und macht sich Notizen.

»Komm, George!«, sagt Eliza, »du bist den ganzen Tag nicht zu Hause gewesen; leg dein Buch hin und lass uns von etwas Vernünftigem reden, während ich den Tee bereite.« Und die *kleine* Eliza unterstützt das Bemühen ihrer Mutter, indem sie dem Vater das Buch aus der Hand nimmt und sich auf seinen Schoß setzt.

»Warte, Schelm!«, sagt George und droht ihr mit dem Finger; aber er tut doch, was unter solchen Umständen jeder Papa tut, er gibt nach.

»Das ist recht«, lobt ihn die große Eliza, während sie das Brot aufschneidet. Sie sieht etwas älter aus und ist nicht mehr so schlank wie ehedem; aber sie ist so glücklich und zufrieden, wie es eine Frau nur sein kann.

»Harry, mein Junge, wie bist du heute mit deiner Rechenaufgabe fertig geworden?«, fragt George, indem er die Hand auf den Kopf seines Sohnes legt. Harry hat nicht mehr die langen Locken von früher; aber seine Augen sind immer noch so ausdrucksvoll wie früher und sein Stolz ist unverkennbar, als er antwortet: »Ich habe alles *selbst* gerechnet, Vater; es hat mir niemand dabei geholfen.«

»Das ist gut«, sagt sein Vater, »verlasse dich stets auf dich selbst, mein Sohn; du hast bessere Aussichten, als sie dein armer Vater je gehabt hat.«

Auf der Baumwollpflanzung
am Red River

Mr Simon Legree, Toms neuer Herr, war ein kleiner, breitschultriger Mann von riesenhafter Stärke, dessen von der Sonne gebräunten Fäuste, wie er sich rühmte, durch das Niederschlagen von Negern eisenhart geworden waren. Er hatte in New Orleans außer Tom noch sieben Sklaven gekauft, sie zu zweien aneinander gekettet und auf den Dampfer »Pirat« gebracht und war mit ihnen den Red River hinaufgefahren. Schon auf der Reise hatte er unmissverständlich klargemacht, was er von seinen Sklaven hielt und wie er sie zu behandeln gedachte. In einer kleinen Stadt waren sie von Bord gegangen. Auf einer einsamen und ungepflegten Straße, die sich durch die Sümpfe wand, hatten sie schließlich weitab von der Stadt Legrees Baumwollpflanzung erreicht. Das Anwesen hatte einst einem Manne von Reichtum und Geschmack gehört und war gut gepflegt gewesen. Sein früherer Eigentümer war jedoch zahlungsunfähig gestorben und Legree hatte den Besitz auf einer Versteigerung preisgünstig erworben. Er dachte nicht im Geringsten an die Pflege von Haus und Garten.

So machte alles einen öden, verfallenen Eindruck. Bretter, Stroh, alte morsche Fässer und Kisten lagen überall unordentlich umher.

Als Mr Legree sich mit den neuen Leuten dem Haus näherte, stürzten ihnen einige große Hunde mit wütendem Gebell zähnefletschend entgegen und ließen sich nur mit Mühe durch die beiden ihnen nacheilenden, zerlumpten Sklaven abhalten Tom und seine Leidensgenossen zu zerfleischen.

»Ihr seht, was euch passiert, wenn ihr zu entlaufen versucht«, sagte Legree, während er die Hunde mit finsterer Zufriedenheit streichelte. »Diese Hunde sind dazu erzogen, Nigger zu hetzen, und würden genauso gern einen von euch herunterschlingen wie ihr Abendessen.« Dann wandte er sich an einen Burschen, der sich in allem bemühte diensteifrig zu erscheinen: »Wie steht's, Sambo? Wie ist es gegangen, während ich weg war?«

»Vorzüglich, Master.«

»Quimbo«, fragte Legree hierauf einen anderen, »hast du getan, was ich dir gesagt habe?«

»Anzunehmen, Master.«

Quimbo und Sambo waren die Vorarbeiter auf der Plantage. Sie hassten sich aus tiefstem Herzen, die Plantagenarbeiter hassten die beiden, und indem Legree so alle gegeneinander ausspielte, konnte er ziemlich sicher sein, dass er von irgendeiner der drei Seiten immer erfuhr, was auf seiner Plantage vor sich ging.

»Hier, Sambo, bring diese Burschen in die Quartiere!«, befahl Legree, indem er Tom und seine Gefährten dem Aufseher übergab.

Das Sklavenquartier bestand aus einer kleinen Reihe roher Hütten. In keiner gab es irgendwelche Möbel, nur ein schmutziger Strohhaufen lag auf dem nackten Erdboden.

»Welche von diesen Hütten wird die meine sein?«, fragte Tom Sambo unterwürfig.

»Ich weiß nicht; du kannst hier mit hineinkriechen«, erwiderte Sambo, »ist wohl noch Platz da für einen. Es sind jetzt in jeder schon so viele Nigger, dass ich wahrhaftig nicht weiß, wo ich noch mehr unterbringen soll.«

Es war spät am Abend, als die müden Bewohner dieser öden Hütten nach Hause strömten. – Männer und Frauen in schmutzigen und zerlumpten Kleidern, mürrisch und durchaus nicht in der Stimmung Neuankömmlinge freundlich willkommen zu heißen. Sie zankten sich um einen Platz an den Handmühlen, wo sie ihre kleine Maisration zu Mehl für das Brot zermahlten, das ihr einziges Abendessen war. Sie waren von der frühesten Morgendämmerung an, von der Peitsche der Aufseher zur Arbeit angetrieben, auf dem Felde gewesen; denn es war jetzt Erntezeit und man ließ nichts unversucht aus jedem ein Höchstmaß an Anstrengung herauszupressen.

»Da, Nigger«, sagte Sambo und warf Tom einen groben Sack, der etwa zehn Pfund Maiskörner enthalten mochte, vor die Füße, »pass gut darauf auf. Mehr kriegst du diese Woche nicht!«

Tom wartete lange, bis an einer der Mühlen ein Platz für ihn frei war, und mahlte dann, von der Erschöpfung zweier Frauen gerührt, das Korn auch für diese, scharrte die letzten Kohlen des Feuers zusammen und ging daran, sich sein Abendbrot zu bereiten; doch waren die Frauen so gerührt von seiner freundlichen Hilfe, dass sie nun ihrerseits für ihn den Teig kneteten und das Brot buken. Tom setzte sich beim Schein des Feuers nieder und zog seine Bibel heraus.

»Was ist das?«, fragte die eine der Frauen.

»Eine Bibel«, antwortete Tom.

»Was ist denn eine Bibel?«, fragte jene weiter.

»Hast du nie davon gehört?«, versetzte die andere. »In Kentucky hat uns die Missis mitunter daraus vorgelesen; aber, du lieber Gott, hier hört man nichts als Peitschenknallen und Fluchen.«

»Lies einmal ein Stück daraus!«, bat die erste neugierig, als sie sah, wie sich Tom aufmerksam darüber beugte.

Tom las: »Kommt zu mir, die ihr mühselig und beladen seid; ich will euch erquicken!«
»Das sind gute Worte!«, meinte die Frau. »Wer spricht sie?«
»Der Herr«, antwortete Tom.
»Ich wollte, ich wüsste, wo ich ihn finden kann; ich würde zu ihm gehen«, sagte die Frau. –

Tom brauchte nicht lange, um sich in seiner neuen Umgebung zurechtzufinden. Er war ein guter Arbeiter und hoffte durch Gehorsam und Geduld das Schlimmste abwenden zu können. Legree hielt ihn für eine erstklassige Kraft und doch mochte er ihn nicht, da Tom ihn auch ohne Worte spüren ließ, wie sehr er die Grausamkeit seines Herrn gegenüber seinen Leuten verabscheute. Legree beschloss Tom sein Mitgefühl auszutreiben.
Früh am nächsten Morgen ertönte ein Horn und gab das Zeichen zum Beginn der Arbeit, und weil es Erntezeit war,

mussten alle auf die Felder hinaus, selbst »Missis« Cassy, wie die übrigen Sklaven Legrees farbige Haushälterin respektvoll nannten, obwohl mancher seine Schadenfreude kaum verbergen konnte, als er sie nun unter den Arbeiterinnen sah. Durch ihr feines Aussehen und ihre ordentliche Kleidung erregte sie sogleich Toms Aufmerksamkeit, und weil sie auf dem Felde in geringer Entfernung von ihm arbeitete, bemerkte er bald, dass angeborene Geschicklichkeit und Behändigkeit ihr die Arbeit leichter machten als vielen anderen. Sie pflückte die Baumwolle sehr schnell und rein und ließ dabei spüren, wie sehr sie die niedrige Arbeit verabscheute. Eine Mulattin in Toms Nähe dagegen, die zusammen mit ihm gekauft worden war, schwankte unter der Anstrengung und zitterte vor Schwäche. Voller Mitleid nahm Tom schweigend mehrere Hände voll Baumwolle aus seinem Sack und legte sie in ihren Korb.

»Oh, tu das nicht!«, sagte die Arme mit erstauntem Blick. »Es bringt dir Ärger.«

In diesem Augenblick kam Sambo herbei, schwang seine Peitsche und rief brutal: »Was soll das heißen, Lucy?« Mit diesen Worten schlug er Tom mit der Peitsche ins Gesicht. Die Mulattin erhielt einen Fußtritt, der sie in Ohnmacht fallen ließ. Sambo weckte sie aus dieser, indem er ihr eine Nadel tief ins Fleisch bohrte. Für einige Minuten arbeitete die Frau mit übernatürlicher Kraft. »Sieh zu, dass du so weitermachst«, sagte Sambo, »sonst bist du heute Abend tot.«

Tom sah, dass die Frau am Ende ihrer Kräfte war, und als

Sambo sich entfernte, kam er zu ihr und steckte alle Baumwolle, die er gepflückt hatte, in ihren Korb.

Miss Cassy, die in der Nähe arbeitete, richtete ihre großen, schwarzen Augen eine Sekunde lang auf Tom, nahm Baumwolle aus ihrem Korbe und steckte sie Tom zu.

»Du kennst diesen Ort nicht«, sagte sie dabei, »sonst hättest du das nicht getan. Wenn du einen Monat hier bist, wirst du aufhören jemand zu helfen. Du wirst es schwer genug finden, deine eigene Haut zu retten.«

»Das verhüte der Herr, Missis!«, erwiderte Tom.

»Der Herr besucht dieses Haus nie«, sagte Cassy bitter und fuhr behände in ihrer Arbeit fort. –

Lange nach Einbruch der Dunkelheit wanderte die ganze müde Gesellschaft mit den Körben auf den Köpfen oder mit Säcken auf den Schultern zu dem Gebäude, wo die Baumwolle gewogen und gespeichert wurde. Hier stand Legree in eifrigem Gespräch mit seinen beiden Aufsehern.

»Der Tom wird uns Ärger machen«, sagte Sambo, »er hat fortwährend Wolle in Lucys Korb gelegt.«

»Er braucht eine Lektion, der schwarze Hund, nicht wahr, Jungens?«, rief Legree.

Jetzt kamen die ermatteten Geschöpfe langsam in das Zimmer und übergaben ihre Ausbeute zum Wiegen. Legree schrieb den Betrag auf eine Schiefertafel, an deren einer Seite eine Liste der Namen aufgeklebt war. Toms Sack wurde gewogen und für gut befunden und er wartete mit besorgtem Blick, wie es der Mulattin gehen würde, deren er sich angenommen hatte. Sie kam vor Erschöpfung strau-

chelnd herbei und lieferte ihren Korb ab. Er hatte das volle
Gewicht, wie Legree recht gut bemerkte. Trotzdem sagte
er zornig: »Was, schon wieder zu wenig – tritt beiseite! Ich
werd es dir zeigen.«

Die arme Frau stöhnte verzweifelt und setzte sich auf eine
Bank.

»Komm her, Tom!«, befahl Legree. »Ich hab dich nicht für
gewöhnliche Arbeit gekauft; ich will dich zum Aufseher
befördern. Du kannst heute damit anfangen. Hier, nimm
das Mädchen und peitsche sie aus. Du hast genug gesehen,
um zu wissen, wie es geht.«

»Ich bitte den Master um Verzeihung«, sagte Tom, »aber
ich hoffe, dass mich der Master nicht dazu bestimmt. Ich
hab es nie getan und kann es nicht tun.«

»Du wirst manches lernen müssen, was du nie gekannt
hast«, bemerkte Legree, nahm eine Ochsenpeitsche und
gab Tom damit einen heftigen Schlag über das Gesicht.
»Da«, sagte er, »willst du mir noch sagen, dass du's nicht
kannst?«

»Ja, Master«, erwiderte Tom, indem er die Hand erhob, um
das über das Gesicht herabträufelnde Blut abzuwischen.
»Ich bin bereit Tag und Nacht zu arbeiten; aber ich fühle,
dass es unrecht ist, was der Master von mir fordert, und ich
werde es niemals tun – nie!«

Als Tom die letzten Worte sprach, machte sich Erstaunen
im Raum breit. Die arme Mulattin faltete die Hände und
rief: »Oh Gott!«, und alle blickten einander unwillkürlich
an und standen atemlos da. Legree, der Toms üblicherwei-

se respektvolle Haltung für Feigheit genommen hatte, sah verblüfft aus, endlich platzte er heraus: »Was, Schurke, du sagst mir, dass es unrecht ist, was ich dir befehle? Bist du nicht mit Leib und Seele mein?« Und damit gab er Tom einen heftigen Stoß mit seinem schweren Stiefel.
Tom richtete sich wieder auf, blickte ernst zum Himmel empor und rief, während Tränen und Blut über sein Gesicht strömten: »Nein, Master, nein! Meine Seele gehört

nicht Ihnen; die haben Sie nicht gekauft; die können Sie nicht kaufen!«

»Kommt her, Sambo und Quimbo!«, schrie Legree wütend. »Gebt ihm eine solche Tracht Prügel, dass er einen Monat lang daran denkt!«

Es war spät in der Nacht; Tom lag ächzend und blutend in einem Raume des Maschinenhauses zwischen Haufen von Baumwollabfällen und anderem Gerümpel. Die Nacht war feucht und die Luft wimmelte von Moskitos, die die Qualen seiner Wunden erhöhten, während brennender Durst das Maß der Pein voll machte.

»Guter Gott, bitte, hilf mir!«, betete der arme Tom in seinem Schmerz.

Ein Schritt ertönte hinter ihm und das Licht einer Laterne traf seine Augen.

»Wer ist da? Um Gottes willen gebt mir Wasser!«, flehte Tom.

Cassy setzte ihre Laterne nieder, goss Wasser aus einer Flasche, hob den Kopf des Schmachtenden und gab ihm zu trinken. Ein zweiter und dritter Becher wurde gierig geleert.

»Trinke, so viel du willst«, sagte sie, »ich wusste, wie es kommen würde; es ist nicht das erste Mal, dass ich armen Burschen, denen es ergangen ist wie dir, Wasser bringe.«

»Danke, Missis«, sagte Tom, als er ausgetrunken hatte.

»Nenne mich nicht Missis; ich bin eine Sklavin, wie du ein Sklave bist«, sagte sie bitter. »Aber nun«, fügte sie hinzu,

indem sie an die Tür ging und einen kleinen Strohsack
hereinzog, über den sie feuchte Leintücher gebreitet hatte,
»versuche dich hier hinaufzurollen, armer Bursche.«

Tom brauchte lange Zeit, um diese Bewegung auszufüh-
ren; als sie ihm aber gelungen war, fühlte er durch die
Kühlung seiner Wunden bedeutende Erleichterung.

Cassy betrachtete ihn mitleidig. »Du darfst dich nicht
länger wehren«, brach es plötzlich aus ihr heraus. »Du bist
ein mutiger Bursche, du hattest das Recht auf deiner Seite.
Aber es hat keinen Zweck, sich zu widersetzen. Du bist in
den Händen des Teufels und du musst aufgeben.«

»Aufgeben, oh Gott«, stöhnte Tom, »wie kann ich das?
Werde ich dann nicht genauso hart und herzlos wie dieser
Sambo? Das könnte ich nicht ertragen.« Dann fuhr er mit
schwacher Stimme fort: »Oh Missis, ich habe gesehen, wie
mein Rock in jene Ecke geworfen wurde, und in der
Rocktasche steckt meine Bibel.«

Cassy brachte sie ihm und Tom schlug sie an einer ihm gut
vertrauten Stelle auf: »Wenn die Missis nur so gut sein
wollte, das zu lesen«, bat er. »Das ist besser als Wasser.«

Cassy nahm das Buch und las mit sanfter Stimme jene
rührende Darstellung über den Tod des Erlösers am Kreu-
ze. Oft schwankte ihre Stimme und zuweilen versagte sie
völlig; dann hielt die Lesende inne, bis sie sich wieder in
der Gewalt hatte. Als sie an die Worte kam »Vater, vergib
ihnen, denn sie wissen nicht, was sie tun«, legte sie das
Buch nieder, vergrub das Gesicht in ihrem dichten Haar
und schluchzte laut.

Tom weinte ebenfalls und ließ von Zeit zu Zeit einen unterdrückten Stoßseufzer hören. »Wenn wir nur ihm nachfolgen könnten!«, klagte er. »Es scheint für ihn so natürlich gewesen zu sein und wir müssen so schwer darum kämpfen. Oh Herr, hilf uns! Jesus, hilf uns! Auch wenn es uns noch so schlecht geht, der Herr wird uns nicht verlassen, wenn wir uns nicht der Sünde hingeben.«

»Aber was, wenn er uns dorthin stellt, wo wir ohne Sünde nicht leben können? Du wirst sehen, was passiert. Morgen werden sie weitermachen und sie werden nicht eher aufhören, als bis du aufgegeben hast oder tot bist.«

»Dann werd ich eben sterben!«, sagte Tom.

»Vielleicht ist es der rechte Weg«, murmelte Cassy, »aber für mich gibt es keine Hoffnung – keine! – Du siehst, was ich jetzt bin. Ich bin im Überfluss aufgewachsen; das Erste, woran ich mich erinnere, ist, dass ich als Kind in prächtigen Zimmern spielte, dass ich herausgeputzt wurde wie eine Puppe und der Liebling der Gesellschaft war. Ich wurde in ein Kloster geschickt und lernte Musik, Französisch und Sticken und was nicht alles. Dann war auf einmal alles ganz anders. Mein Vater starb plötzlich und sein Nachlass reichte kaum aus, um die Schulden zu decken. Meine Mutter war eine Sklavin gewesen und mein Vater hatte stets beabsichtigt mich freizulassen; aber er hatte es nicht getan. Wer erwartet auch, dass ein starker, gesunder Mann plötzlich stirbt! Mein Vater war noch vier Stunden vor seinem Tode ein gesunder Mann. Es war einer der ersten Cholerafälle in New Orleans. – So wurde ich verkauft und ging zwanzig

Jahre lang aus einer Hand in die andere. Meinen ersten Herrn liebte ich und hatte zwei Kinder von ihm. Man hat sie mir genommen und verkauft. Ein weiteres Kind habe ich vergiftet, um ihm das Sklavendasein zu ersparen. Und auch diesen Teufel, der mich jetzt in seiner Gewalt hat, werde ich eines Tages in die Hölle schicken, und wenn sie mich dafür lebendig verbrennen. Und du sagst mir, dass es einen Gott gibt – einen Gott, der herniederblickt und alle diese Dinge sieht.«

»Oh Missis, ich wollte, Sie gingen zu Ihm, der Ihnen Wasser des Lebens geben kann!«, sagte Tom.

»Zu Ihm! – Wo ist er? Wer ist er?«, fragte Cassy.

»Zu Ihm, von dem Sie mir vorgelesen haben – zum Herrn!«

»Ich habe als kleines Mädchen Sein Bild über dem Altar gesehen«, sagte Cassy, deren dunkle Augen jetzt einen wehmütigen Ausdruck annahmen, »aber Er ist nicht hier! Hier gibt es nichts als Sünde und ewige Verzweiflung!« Sie legte die Hand auf die Brust und hielt den Atem an. Als Tom etwas sagen wollte, kam sie ihm zuvor und sagte: »Sprich nicht, mein armer Freund; versuche zu schlafen, wenn du kannst!« – Dann stellte sie ihm das Wasser so, dass er es erreichen konnte, und verließ den Schuppen.

Am andern Morgen betrat Legree den Raum, wo Tom die Nacht fast schlaflos zugebracht hatte. »Nun, mein Junge«, sagte er mit einem verächtlichen Fußtritt, »wie geht es dir? Habe ich dir nicht gesagt, dass ich dir noch einiges beibringen würde? Wie gefällt dir das, he? Wie sind dir deine

Prügel bekommen, Tom? Bist nun wohl nicht mehr so vorlaut wie gestern Abend? Könntest du nicht einem armen Sünder jetzt eine kleine Predigt halten?«
Tom antwortete nicht.
»Steh auf, du Biest!«, gebot Legree mit abermaligem Fußtritt.
Das war für einen so zerschlagenen Menschen eine schwierige Aufgabe und Legree lachte höhnisch.
»Was macht dich heute Morgen so lebhaft, Tom? Hast du dich gestern Abend vielleicht erkältet?«

Tom hatte sich jetzt aufgerichtet und stand seinem Herrn mit festem Blick gegenüber.

»Nun, Tom, jetzt fall auf die Knie und bitte mich um Verzeihung!«

Tom rührte sich nicht.

»Nieder, du Hund!«, brüllte Legree, mit der Peitsche nach ihm schlagend.

»Master Legree«, versetzte Tom, »ich kann das nicht. Ich habe nur getan, was ich für recht hielt. Ich werde stets ebenso handeln und niemals etwas Grausames tun; mag da kommen, was will.«

»Ja, aber du weißt nicht, was kommen mag, Master Tom. Du denkst, was du bekommen hast, ist etwas; – ich sage dir, es ist noch gar nichts. Wie würde es dir gefallen, wenn man dich an einen Baum bände und ein kleines Feuer um dich herum anzündete? Wäre das nicht nett – he, Tom?«

»Master«, antwortete Tom, »ich weiß, Sie können schreckliche Dinge tun, aber –«, er richtete sich hoch empor und faltete die Hände, »aber wenn Sie meinen Körper getötet haben, können Sie nichts mehr tun und dann kommt die ewige Seligkeit. Sie können mich peitschen, hungern lassen und mich verbrennen – ich komme nur umso eher dorthin, wo ich hinmöchte.«

»Verflucht«, schrie Legree in grenzenloser Wut und schlug Tom mit einem Faustschlag zu Boden. Und wenn in diesem Moment nicht Cassy hinzugekommen wäre und ihren Herrn daran erinnert hätte, dass Erntezeit und Tom einer seiner besten Leute war, hätte Tom diese Auseinandersetzung mit seinem Herrn nicht überlebt. So schwur jener nur, dass er es ihm eines Tages heimzahlen werde, und überließ ihn Cassys Pflege.

Lange bevor Toms Wunden verheilt waren, musste er schon wieder hinaus zur Feldarbeit. Zunächst kam er von der Arbeit so erschöpft zurück, dass er nicht einmal mehr die Kraft fand einen Bibelvers zu lesen, aber allmählich fand er die alte Zuversicht wieder, half seinen Leidensgenossen, wo er nur konnte, spendete ihnen Trost und verkündete ihnen, sehr zu Legrees Missvergnügen, die christliche Botschaft. Eines Nachts stand Cassy vor seiner Hütte mit einem seltsamen Ausdruck in den Augen. »Komm«, wisperte sie ihm zu, »ich habe ihm ein Schlafmittel in den Brandy getan, die Tür ist offen. Ich täte es selbst, aber ich bin zu schwach.«

»Nicht für alles Geld der Welt«, sagte Tom fest, »eher würde ich mir die rechte Hand abschlagen.«

»Dann tu ich's«, sagte Cassy und wandte sich ab. Tom hielt sie zurück und beschwor sie sich nicht ins Unglück zu stürzen und erinnerte sie daran, dass Gott verlange, dass man seine Feinde liebe. Seine eindringlichen Ermahnungen hatten schließlich Erfolg, aber Tom sah nur zu gut, dass sie sich eines Tages doch würde hinreißen lassen, und riet ihr Legree zu entfliehen. Er selbst lehnte dies für sich allerdings ab, da er seine armen Leidensgenossen nicht im Stich lassen wollte.

Von diesem Moment an sann Cassy auf Flucht und endlich

hatte sie einen Erfolg versprechenden Plan entwickelt. Sie tat so, als renne sie in die Sümpfe, versteckte sich aber, während Legree sie mit seiner Meute suchte, im Hause selbst. Legree war aufs Äußerste gereizt, als er den dritten Tag nach erfolgloser Suche zurückkehrte, und seine ganze Wut richtete sich gegen Tom, hinter dem er den Drahtzieher der Flucht vermutete. Quimbo und Sambo schleppten ihn vor ihren Herrn.

»Nun, Tom, weißt du, dass ich mich entschlossen habe dich totzuschlagen? Ich – ich – ich werde es tun«, fuhr er mit entsetzlicher Ruhe fort, »wenn du mir nicht sagst, was du über Cassys Flucht weißt.« Tom schwieg. »Hörst du nicht«, donnerte Legree ihn an, »du sollst sprechen oder ich höre nicht eher auf, bis ich jeden Tropfen Blut aus dir herausgeprügelt habe.«

Aber Tom schaute seinen Master nur an und antwortete: »Oh Master, laden Sie sich nicht diese Sünde auf. Es wird Ihnen mehr schaden als mir. Mein Leid wird bald vorüber sein; aber wenn Sie nicht bereuen, wird Ihres niemals enden.«

Einen Moment lang schien Legree nachzudenken, dann schlug er, schäumend vor Wut, sein Opfer zu Boden.

»Es ist fast aus mit ihm, Master«, sagte Sambo, gegen seinen Willen gerührt von der Duldsamkeit Toms.

»Schlagt zu! Peitscht ihn!«, schrie Legree. »Ich will ihm den letzten Blutstropfen auspressen, wenn er nicht gesteht.«

Tom öffnete die Augen, blickte auf seinen Herrn und sagte:

»Armes, elendes Geschöpf, ich kann nicht mehr für dich tun. Ich vergebe dir von ganzem Herzen!« Dann wurde er völlig ohnmächtig.

»Ich glaube wahrhaftig, es ist aus mit ihm«, sagte Legree, indem er herantrat. »Nun, dann ist ihm doch endlich das Maul gestopft; – das ist wenigstens ein Trost.«

Mit diesen Worten ging er hinaus und überließ Tom, der wider Erwarten doch noch nicht tot war, den beiden Aufsehern.

»Wir haben etwas Schändliches getan«, sagte Sambo schaudernd zu Quimbo, »ich will hoffen, dass sich der Master dafür zu verantworten hat und nicht wir.« Und die beiden rohen Burschen wuschen die Wunden ihres Opfers und bereiteten ihm ein Lager aus Baumwollabfall.

»Oh Tom, verzeih uns!«, bat Quimbo. »Wir sind entsetzlich schlecht gegen dich gewesen.«

»Ich vergebe euch von ganzem Herzen!«, sagte Tom mit schwacher Stimme.

Der Befreier

Zwei Tage später fuhr in einem leichten Wagen ein hoch gewachsener junger Mann vor dem Herrenhaus vor und fragte nach dem Besitzer der Pflanzung.

Es war George Shelby. – Miss Ophelias Brief an Mrs Shelby, worin sie dieser von Toms Not berichtete, hatte seinen Bestimmungsort erst mit einiger Verzögerung erreicht und Mrs Shelby hatte die Nachricht mit tiefer Betrübnis gelesen, konnte aber nichts tun, da ihr Mann schwer erkrankt war. Einige Tage später war er plötzlich gestorben und sein Sohn George hatte die Verwaltung des Gutes übernommen.

Sobald er dort die Angelegenheiten einigermaßen geordnet hatte, hatte er sich aufgemacht, um Tom zu suchen und zurückzukaufen. Nachforschungen in New Orleans brachten ihn glücklich auf die richtige Spur und so war er denn den Red River hinaufgefahren und zu Mr Legrees Baumwollplantage gelangt. Er wurde in das Haus geführt, wo ihn der Gutsherr mürrisch empfing.

»Wie ich höre«, sagte George, »haben Sie in New Orleans einen Neger namens Tom gekauft. Er war früher auf dem

Gute meines Vaters und ich komme, um zu sehen, ob ich ihn nicht zurückkaufen kann.«

Legree runzelte die Stirn und antwortete erregt: »Ja, ich habe den Burschen gekauft, den widerspenstigsten, vorlautesten und unverschämtesten Nigger von der Welt, den einzigen, den meine Faust und meine Peitsche nicht kuriert haben. Im Moment will er, glaube ich, sterben, aber ich weiß nicht, ob er es schafft.«

»Wo ist er?«, fragte George heftig. »Ich will zu ihm.«

»Er liegt dort im Schuppen«, antwortete vorlaut ein kleiner Bursche.

Legree versetzte dem Jungen einen Fußtritt und George schritt, ohne weiter ein Wort zu verlieren, zu der bezeichneten Stelle. Als er in den Schuppen trat, fühlte er sich schwindlig und krank.

»Ist es möglich? – Ist es möglich?«, rief er, neben Tom niederkniend. »Onkel Tom! Mein armer, alter Freund! Oh, lieber Onkel Tom, bitte, wach auf! Sprich noch einmal! Blicke auf! Hier ist Master George, dein kleiner Master George. Kennst du mich nicht?«

»Master George!«, sagte Tom, die Augen aufschlagend, mit schwacher Stimme. »Master George?« Er blickte verwirrt um sich; aber allmählich wurde der trübe Blick klar, das ganze Gesicht heiterte sich auf und über die Wangen rollten Tränen. »Gesegnet sei der Herr! Sie haben mich nicht vergessen. Es tut meinem alten Herzen wohl; – jetzt will ich gern sterben. – Preise den Herrn, oh meine Seele!«

»Du sollst nicht sterben! Du darfst nicht sterben! Ich bin

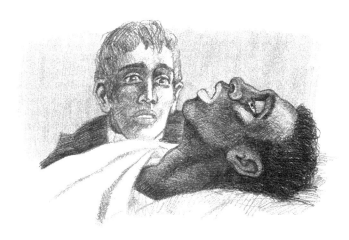

gekommen, um dich zu kaufen und heimzubringen«, sagte George schluchzend.

»Oh, Master George, Sie kommen zu spät; der Herr hat mich gekauft und wird mich heimführen und ich sehne mich nach Ihm. Im Himmel ist es besser als in Kentucky.« Tom fasste seine Hand und fuhr fort: »Sagen Sie Chloe, der armen Seele, nicht, wie Sie mich gefunden haben, Master George. Sagen Sie ihr nur, dass ich in die Herrlichkeit eingegangen bin! Grüßen Sie die armen Kinder und sagen Sie ihnen, dass Sie mir nachfolgen sollen! Bringen Sie dem Master und der lieben Missis und allen auf dem Gute meine Grüße!« In diesem Augenblick verließ Tom die Kraft, die ihm die Freude über die Ankunft seines jungen Herrn verliehen hatte. Er schloss die Augen und über seine Züge ging die geheimnisvolle Veränderung, die das Nahen anderer Welten verkündet. Er begann in langen, tiefen Zügen zu atmen und seine breite Brust hob und senkte sich mühsam. Auf seinem Gesicht lag der Ausdruck eines Siegers. Dann schlief er lächelnd für immer ein.

George schloss dem Toten die Augen. Eine Weile saß er in feierlicher Ehrfurcht neben ihm und es war ihm, als sei der Ort heilig.

Dann drehte er sich um. Legree stand mürrisch hinter ihm. »Sie haben alles aus ihm herausgepresst, was Sie konnten. Was soll ich Ihnen für den Leichnam bezahlen?«, fragte George. »Ich will ihn mit fortnehmen und anständig begraben.«

»Ich handle nicht mit toten Niggern«, erwiderte Legree. »Begraben Sie ihn, wann und wie Sie wollen.«

»Kommt her, Burschen!«, befahl George einigen Negern, die in der Nähe standen. »Helft mir den Toten zu meinem Wagen tragen und bringt mir einen Spaten!«

George breitete seinen Mantel in dem Wagen aus und ließ die Leiche vorsichtig darauf legen; dann wendete er sich an Legree und sprach mit erzwungener Ruhe: »Ich habe Ihnen noch nicht gesagt, was ich von dieser abscheulichen Geschichte halte. Hier ist dazu weder die Zeit noch der Ort; aber, Sir, dem unschuldigen Blute soll Gerechtigkeit zuteil werden. Ich werde Sie vor Gericht bringen.«

»Tun Sie das, Sir!«, erwiderte Legree und schnippte höhnisch mit den Fingern. »Soll mir recht sein. Woher wollen Sie Zeugen nehmen? Wie wollen Sie es beweisen? – Sagen Sie mir das?«

George erkannte die Richtigkeit dieser Bemerkung. Auf dem Gute Legree befand sich außer dem Besitzer nicht eine einzige weiße Person und das Zeugnis der Farbigen galt vor allen Gerichtshöfen der Südstaaten nichts.

»Was für eine Aufregung um einen toten Nigger!«, höhnte Legree.

Das Wort wirkte wie der Funke auf ein Pulverfass. Ohne auch nur einen Augenblick zu überlegen, wandte George sich um und streckte mit einem einzigen furchtbaren Faustschlag Legree zu Boden und diesem, obgleich er ohne Zweifel dem Jüngling an Kraft weit überlegen war, schien der gewaltige Schlag eine gewisse Achtung einzuflößen. Er erhob sich, schüttelte den Staub von den Kleidern und schaute dem langsam sich entfernenden Wagen verwundert nach.

Jenseits der Grenze der Pflanzung hatte George einen von Bäumen beschatteten Hügel bemerkt; hier wurde das Grab ausgehoben.

Als es fertig war, fragten die Neger: »Sollen wir den Mantel abnehmen, Master?« – »Nein! Begrabt ihn mit dem Mantel. Es ist alles, was ich dir noch geben kann, armer Tom!«

Sie legten ihn in sein Grab, schaufelten es schweigend zu und bedeckten es mit grünem Rasen.

»Jetzt könnt ihr gehen, Burschen!«, sagte George und ließ jedem einen Vierteldollar in die Hand gleiten.

Aber die Männer zögerten und endlich fasste sich einer ein Herz und bat: »Wenn der junge Master so gut sein wollte uns zu kaufen.«

»Wir wollen dem Master treu dienen«, fügte der andere hinzu.

»Ich kann nicht! Ich kann nicht!«, sagte George mit schwerem Herzen.

Die armen Burschen entfernten sich niedergeschlagen und schweigend.

»Sei mein Zeuge, ewiger Gott!«, rief George, während er auf dem Grabe seines alten Freundes niederkniete. »Sei mein Zeuge, dass ich von dieser Stunde an tun will, was ein einzelner Mann vermag, um diesen Fluch der Sklaverei aus meinem Lande zu vertreiben.« –

Onkel Toms letzte Ruhestätte wird durch kein Grabmal bezeichnet. Er braucht ein solches nicht; Gott weiß, wo er liegt, und Er wird ihn zu unsterblichem Leben auferwecken.

George hatte seiner Mutter nur einige Zeilen geschrieben, um ihr seine bevorstehende Ankunft mitzuteilen. Den Mut, über die Todesstunde seines alten Freundes zu berichten, fand er nicht.

Am Tage, als der junge Master erwartet wurde, herrschte im shelbyschen Hause freudige Geschäftigkeit. Mrs Shelby saß in ihrem behaglichen Zimmer, wo ein munteres Feuer die Kühle des späten Herbsttages milderte. Mit einem neuen Kattunkleide und weißer Schürze angetan und mit Freude strahlendem Gesichte ließ sich Chloe beim Decken des Tisches für das Abendessen Zeit, froh ein wenig mit ihrer Herrin plaudern zu können.

»So wird's ihm gefallen«, sagte sie, »ich habe seinen Teller nahe ans Feuer gesetzt. Master George sitzt gern warm.« Und dann fragte sie: »Die Missis hat von Master George gehört?«

»Ja, Chloe; aber er hat nur ganz kurz geschrieben, dass er heute Abend eintreffen wird. Das ist alles.«

»Er hat wohl nichts von meinem Alten gesagt?«, fragte Chloe weiter.

»Nein, er hat gar nichts von ihm erwähnt, Chloe. Er hat geschrieben, dass er alles erzählen will, wenn er nach Hause kommt.«

»Ich glaube, dass mein Alter die Jungen und die Kleine gar nicht wieder erkennt. Sie ist jetzt ein großes Mädchen«, sagte Chloe. »Gott, es ist schon fünf Jahre her, seit man ihn fortgeschleppt hat. Sie war damals noch ganz klein und konnte kaum stehen. Ich weiß noch, wie er lachte, wenn sie jedes Mal auf die Nase fiel, sobald sie zu gehen versuchte. Du lieber Gott!«

Jetzt vernahm man das Rollen von Wagenrädern.

»Master George!«, rief Tante Chloe und sprang ans Fenster. Mrs Shelby eilte zur Haustür und ihr Sohn flog in ihre Arme. Tante Chloe stand besorgt da und strengte ihre Augen an, um die Finsternis zu durchdringen.

»Ach, arme Tante Chloe!«, sagte George, indem er mitleidig stehen blieb und ihre harte schwarze Hand drückte. »Ich hätte mein ganzes Vermögen darum gegeben, hätte ich ihn mitbringen können; aber er ist in ein besseres Land gegangen.«

Mrs Shelby stieß einen Schrei aus; Tante Chloe sagte nichts.

Endlich rangen sich aus ihrer Brust die Worte hervor: »Es ist gerade so gekommen, wie ich mir gedacht habe; er ist auf die verfluchten Plantagen verkauft und dort ermordet worden.«

Sie wendete sich ab, um das Zimmer zu verlassen; aber Mrs Shelby folgte ihr leise, ergriff ihre Hand, zog sie auf einen Stuhl und setzte sich neben sie. »Meine arme, gute Chloe!«, sagte sie.

Chloe lehnte den Kopf an die Schulter ihrer Herrin und schluchzte: »Oh Missis, mein Herz ist gebrochen.«

»Ich weiß«, erwiderte Mrs Shelby unter Tränen, »und ich vermag es nicht zu heilen; aber Jesus kann es. Er heilt die, die ein gebrochenes Herz haben, und verbindet ihre Wunden.«

Eine Zeit lang herrschte tiefe Stille und alle weinten. Endlich setzte George sich neben die Trauernde, ergriff ihre Hand und erzählte ihr mit einfachen Worten vom Tode ihres Mannes und wie er sterbend an seine Frau und seine Kinder gedacht hatte.

Etwa einen Monat später wurden sämtliche Diener und Arbeiter des Gutes in den großen Saal des Herrenhauses gerufen, wo ihnen ihr junger Herr einige Worte sagen wollte.

Er trat mit einem Bündel von Papieren in der Hand unter sie. Es waren Freilassungsscheine für jeden Einzelnen von ihnen. George verlas die Schriftstücke und überreichte sie den Leuten. Viele von ihnen drängten sich jedoch um ihn, baten ihn flehentlich sie nicht fortzuschicken und wollten ihm die Papiere zurückgeben. »Wir wollen nicht freier sein, als wir sind. Wir haben stets alles gehabt, was wir brauchten; wir wollen das alte Haus, den Master und die Missis nicht verlassen«, sagten sie.

»Meine lieben Freunde«, sagte George, sobald er zu Worte kommen konnte, »ihr braucht mich nicht zu verlassen. Wir haben zur Bestellung des Gutes und für die Arbeit im Haus noch ebenso viele Leute nötig wie früher; aber ihr seid jetzt freie Leute; ich werde euch für eure Arbeit Lohn bezahlen. Der Vorteil, den ihr dabei habt, ist der, dass ihr nicht verkauft werden könnt, wenn ich in Schulden gerate oder sterbe.

Ihr alle erinnert euch noch an unseren guten, alten Onkel Tom. An seinem Grabe habe ich vor Gott den Beschluss gefasst nie mehr einen Sklaven zu halten und nie mehr in Kauf zu nehmen, dass jemand von Heimat und Familie getrennt wird und auf einer einsamen Plantage stirbt. Wenn ihr euch also über eure Freiheit freut, so bedenkt, dass ihr sie jener guten, alten Seele verdankt. Vergeltet es ihm durch Güte gegen seine Frau und Kinder. Und jedes Mal, wenn ihr ONKEL TOMS HÜTTE seht, betrachtet sie als eine Mahnung ebenso rechtschaffen und treu und ebenso gute Christen zu werden, wie er es war!«

Nachwort

Viele Schriftsteller haben in ihren Büchern Partei für Unterdrückte und Verfolgte ergriffen, aber kaum jemand hat die Öffentlichkeit so nachhaltig wachgerüttelt wie Harriet Beecher-Stowe.

Die Autorin wurde am 14. Juni 1811 als Harriet Beecher im amerikanischen Bundesstaat Connecticut geboren, wo ihr Vater Pfarrer war. Sie wuchs in einer Umgebung auf, in der die Probleme der Schwarzen auf den Plantagen des Südens weit weg waren. Erst als sie 1832 mit der Familie nach Cincinnati am Nordufer des Ohio umzog, begegnete Harriet Sklaven, die aus Kentucky entkommen waren, und hörte ihre Geschichte. Auch ihr Bruder berichtete aus New Orleans Schauriges, zum Beispiel über einen Sklavenaufseher, dessen Faust angeblich durch das Niederschlagen von Sklaven eisenhart geworden sei. Einen tiefen Eindruck auf Harriet Stowe – so hieß sie seit ihrer Heirat 1836 – hinterließ auch eine Sammlung von Sklavensteckbriefen. Fortan kämpfte sie auf Seiten der so genannten Abolitionisten für die Abschaffung der Sklaverei.

Am 5. Juni 1851 erschien in der Wochenzeitschrift *National Era* die erste Folge von *Onkel Toms Hütte*. Das Interesse der Leser war sofort geweckt. Als im August einmal die wöchentliche Fortsetzung fehlte, weil die Verfasserin nicht rechtzeitig fertig geworden war, wurde die Zeitung von einer Flut von Protestbriefen überschüttet. Am 1. April 1852 erschien die letzte Folge; zwölf Tage zuvor war der Roman als Buch herausgekommen. Am 15. Mai waren 50 000 Exemplare, ein Jahr später 300 000 verkauft. In ganz Amerika wurden die Stimmen für die Abschaffung der Sklaverei lauter. Noch im gleichen Jahr erschien das Buch auch in England, wo in vier Jahren über eine Million Exemplare umgesetzt wurde. In kürzester Zeit war es in Übersetzungen weltbekannt.

Der amerikanische Präsident Lincoln sagte einmal, *Onkel Toms Hütte* habe den amerikanischen Bürgerkrieg (1861 bis 1865) ausgelöst. Auch wenn er das nicht ganz ernst meinte, das Buch erschütterte tatsächlich viele Menschen in den Nordstaaten so, dass sie bereit waren für die Abschaffung der Sklaverei sogar einen Krieg gegen die Südstaaten zu führen.

Wie andere Jugendbuch-Klassiker war auch *Onkel Toms Hütte* zunächst für Erwachsene geschrieben. Aber die energische Tante Chloe und ihre Kinder, das mutige Eintreten Elizas für ihren Jungen, die humorvollen Stellen, der Charakter der kleinen Eva und vor allem das Schicksal Onkel Toms sprachen sofort auch Kinder an. Für ein Kinderbuch war und ist der Roman freilich sehr lang, zum Teil auch schwer verständlich. So wurde er vielfach für Kinder gekürzt und bearbeitet. Auch die vorliegende Ausgabe ist nur etwa halb so lang wie das Original, zeigt aber doch, warum das Buch seit fast 150 Jahren Kinder und Erwachsene anspricht.

Harriet Beecher-Stowe schrieb nach *Onkel Toms Hütte* noch zahlreiche Erzählungen, von denen aber keine einen ähnlichen Erfolg hatte. Sie starb am 1. Juli 1896 in Connecticut.

Dr. Freya Stephan-Kühn

ARENA KINDERBUCH-KLASSIKER

Louisa May Alcott, **Betty und ihre Schwestern**
Hans Christian Andersen, **Märchen**
Barbara Bartos-Höppner, **Münchhausen**
Barbara Bartos-Höppner, **Till Eulenspiegel**
Lyman Frank Baum, **Der Zauberer von Oz**
Harriet Beecher-Stowe, **Onkel Toms Hütte**
Waldemar Bonsels, **Die Biene Maja**
Frances Hodgson Burnett, **Der geheime Garten**
Frances Hodgson Burnett, **Sara, die kleine Prinzessin**
Frances Hodgson Burnett, **Der kleine Lord**
Lewis Caroll, **Alice im Wunderland**
Daniel Defoe, **Robinson Crusoe**
Emmy von Rhoden, **Der Trotzkopf**

Jeder Band:
Gebunden. Ab 10 Jahren

www.arena-verlag.de

Arena